Cold Neighbourhood

Cold
Neighbourhood

Kayla Strazza

ISBN: 978-3-907189-08-5
1. Auflage, Copyright 2021. Vervielfältigung von einzelnen
Seiten oder des gesamten Buches nur in Absprache mit dem
Verlag.

Verlag
Kinder- und Jugendbuchverlag KIJU (kiju-verlag.ch). Der
KIJU Verlag ist Teil des Lehrmittelverlages BRAINTALENT
GmbH (braintalent.ch).

Autorin
Kayla Strazza

Lektorat
Dold & Straub GbR

Design und Illustrationen
Studio Alott, alott.nl

Zur Autorin

Kayla Strazza wurde 2005 in Biel in der Schweiz geboren. Sie lebt mit ihrer Familie im Seeland und besucht zurzeit das Gymnasium Biel-Seeland. Dies ist ihr erstes Buch, welches sie mit 14 Jahren geschrieben hat. Sie trainiert Jazzdance und Ballett, schreibt und liest gerne. Bereits in der Oberstufe bekam sie die Gelegenheit, für einen Online-Blog zu schreiben. Die Grundlage dieses Buches ist anlässlich eines Schreibprogramms von Edition Unik entstanden.

Für alle, welche das Gefühl haben, nicht immer sie selbst sein zu können.

Für meine Familie, die mich immer unterstützt hat.

Inhaltsverzeichnis

Kapitel 1

«Gut, also denkt daran: Passt auf euch auf und tut nichts, was ich nicht auch tun würde.»

Izzy grinste, ich verdrehte nur die Augen. Lehrer können manchmal einfach zu viel sein.

«Ihnen auch schöne Sommerferien, Frau Kast», antworteten wir gleichzeitig.

Unsere Klassenlehrerin seufzte noch ein letztes Mal. «Ich werde euch vermissen. Izzy, pass gut auf Aris auf!», sagte sie und ging dann endlich auf den Reisebus zu.

Alle anderen sassen schon im Bus, sie blickten neidisch aus den getönten Fenstern, da wir zwei das Glück hatten, noch etwas länger bleiben zu dürfen. Dann ertönte plötzlich das laute Röhren des Motors, und der Bus setzte sich in Bewegung.

Mein ganzer Körper zog sich zusammen, als ich auf den roten Reisebus blickte, der meine übrige Klasse nun wieder nach Hause bringen würde. Ich konnte das nicht. Sie alle hatten mich überschätzt. Ich wollte mich nur auf dem Boden zusammenrollen und warten, bis diese höllische Zeit vorbei war. Doch ich musste mich zusammennehmen, für Izzy.

Diese stand neben mir und hatte ein breites Lächeln im Gesicht, freudig erwartete sie eine Reihe weiterer schöner Sonnentage in Italien ganz ohne Eltern. Sie hatte eine schwierige Kindheit und war adoptiert worden, als sie zehn Jahre alt war. Ihre Eltern entwickelten einen sehr ausgeprägten Beschützerinstinkt und liessen sie so gut wie nie aus den Augen. Deshalb bedeutete ihr dieser kleine Ausflug sehr viel mehr als mir, und ich wollte ihn nicht ruinieren nur wegen meiner bescheuerten Angst. Denn das war im Endeffekt die einzige Interpretation für die Krankheit, welche man bei mir diagnostiziert hatte. Eine *«Soziale Phobie»,* die *«Abneigung gegen soziale*

Interaktion ...». Mit diesen Definitionen hat mir Sally – meine Therapeutin – schon immer versucht, alles zu erklären. Aber unter all diesen so schön aufgeschichteten Wörtern verbarg sich nur ein Begriff: Angst. Diese Angst hatte einen Grund, welcher sich tief in mir verbarg.

«Hey», meinte Izzy und strich über meine Schulter, «alles wird gut.»

Ich atmete tief durch, versuchte die überwältigende Angst zu unterdrücken, die sich in meinem Bauch ansammelte und sich hoch in meine Luftröhre schlängelte, voller Vorfreude, mir die Luft abzudrücken. Mein Atem wurde flacher, ich klammerte mich verzweifelt an Izzys Hand.

Isabella Andersson, von allen Izzy genannt, meine beste Freundin, war schon immer mein Anker, meine Rettungsleine in der Not. Ich kannte sie erst seit ein paar Jahren, aber es fühlte sich wie eine Ewigkeit an. Obwohl Sally mir immer sagte, dass sich nur von einer Person abhängig zu machen früher oder später meine Psyche zerstören würde, war ich vollkommen zufrieden mit Izzy. Es war immer so, Izzy und ich. Ich erzählte ihr alles. Sie war die Erste, die wusste, dass ich in Wahrheit nicht auf Selena, meine erste feste Freundin in der achten Klasse, sondern viel mehr auf ihren grossen Bruder stand, und akzeptierte dies ohne Wenn und Aber. Über die Jahre nahmen aufgrund unserer engen Freundschaft viele Leute an, wir wären zusammen. Es gab mir Sicherheit und eine Möglichkeit, mich zu verstecken. Ich liess die Menschen oft in diesem Glauben, und indem sie dies zuliess, half mir Izzy dabei.

Sie vertraute mir ihrerseits all ihre Sorgen mit ihren Adoptiveltern an, und auf einem fehlgeschlagenen Selbstfindungstrip in der Neunten hackten wir uns durch das ganze Internet, um ihre leiblichen Eltern zu finden. Natürlich fanden wir gar nichts.

Jetzt versuchte Izzy schon wieder, mir zu helfen. Vor einem halben Jahr hatte sie mir zum Geburtstag mit einem hoffnungsvollen Blick eine Karte und meine Lieblingsschokolade geschenkt. Auf der Karte stand: *Gutschein für einen Kurztrip nach Crema.* Die Reise sollte im Anschluss an unseren einwöchigen Schulausflug mit unserer Klasse nach Mailand stattfinden. Ich war nicht gerade erfreut über diese Karte, obwohl dieser Trip für viele der absolute Traum gewesen wäre. Versteht mich nicht falsch, ich wollte im Grunde unheimlich gerne nach Crema fahren. Aber allein schon der Schulausflug überforderte mich völlig. Ich konnte ja nicht mal vor der Klasse eine Präsentation halten, ohne komplett auszuflippen.

Izzy hatte jedoch nicht lockergelassen, und so stand ich drei Monate später im Centro Storico, dem historischen Zentrum von Mailand, bereit, dieses Abenteuer starten zu lassen.

«Mist!», rief Izzy plötzlich und zeigte auf ihre Armbanduhr. «Es ist schon zwanzig nach vier, der Bus nach Crema fährt in drei Minuten!» Wir standen immer noch auf dem Abfahrtsplatz unseres Reisebusses und hatten keine Ahnung, wie weit die Bushaltestelle entfernt war. Rasch zog ich mein Handy aus der Hosentasche meiner Jeans und öffnete Google Maps. Während wir vorhin unsere Koffer packten, hatte ich noch schnell die Route zur Bushaltestelle gespeichert, was uns jetzt zu Hilfe kam. «Hier entlang!», rief ich und zeigte auf eine kleine Nebengasse, «danach nur noch über eine Verkehrsinsel.» Meine Panik von soeben war vergessen, und wir rannten los, unsere Rollkoffer hinter uns herziehend.

In der Gasse roch es ekelhaft nach Erbrochenem, und mehrere Obdachlose sassen apathisch an die Wand gelehnt da. Als wir endlich die dunkle Gasse durchquert hatten, stoppte Izzy und hielt mich an. Die Verkehrsinsel war riesig, unzählige Autos standen hupend im stockenden Verkehr. «Fantastisch», sagte Izzy, «wie sollen wir da rüberkommen? Der andere Weg dauert zehn Minuten länger, dann ist unser Bus weg!» Ich lachte nur, und sie sah mich fragend an. «Komm!», rief ich, von einem plötzlichen Adrenalinstoss beflügelt, packte ihren Arm und zog sie durch die wartenden Autos, bedacht darauf, unsere Koffer nicht zu verlieren. Sie war höchst überrascht über meinen plötzlichen Mut, das konnte ich deutlich in ihrem Gesicht lesen, aber sie freute sich auch sichtlich. Ein lautes Hupkonzert ertönte, wir jedoch lachten nur und rannten schnell weiter, bevor sich noch jemand bei uns beschweren würde. Ich fragte mich, wieso ich so negativ an diese Reise herangegangen war, denn irgendwie fühlte sich dies hier genau richtig an.

Meine Euphorie verflog jedoch schnell.

Kapitel 2

Unser Bus fuhr genau vor unseren Augen davon.

«Hey!», rief Izzy frustriert und versuchte dem Bus hinterherzurennen, der Fahrer warf ihr aber nur einen gelangweilten Blick zu und fuhr weiter. Seufzend setzte sie sich auf die vollgesprayte Bank des Wartehäuschens. Ich liess mich neben sie fallen, Schweiss rann meine Schläfen hinunter. Dann lachte Izzy plötzlich auf. «Na ja, das war eigentlich klar», meinte sie und legte sich waagrecht auf die Bank, sodass ihre Schuhe auf meinem Schoss lagen.

Ich sah sie stirnrunzelnd an. «Was war klar?»

Sie grinste verschmitzt. «Hey, wir beide reisen alleine nach Crema! Da *muss* doch irgendetwas schiefgehen. Aber wir können immer noch per Anhalter fahren.»

Ich lachte, verstummte jedoch, als ich ihren Blick sah. «Dein Ernst? Haben wir nicht noch einen Plan B oder so?»

Sie zuckte nur mit den Schultern und sah mich belustigt an: «Plan B ist per Anhalter. Wir haben keine andere Chance.»

«Hmm», brummte ich, lehnte mich zurück und schloss die Augen. Irgendjemanden nach einer Mitfahrgelegenheit zu fragen, war das Letzte, was ich gerade tun wollte. Ich öffnete meine Augen wieder und bemerkte eine kleine Anzeigetafel aus Papier an der Wand, sie sah ziemlich abgegriffen und vergilbt aus. Mit viel Mühe konnte ich die Fahrzeiten noch erkennen.

«Der nächste Bus kommt in einer Stunde, Izzy … können wir nicht einfach warten?»

Izzy schüttelte den Kopf, dass ihre langen blonden Haare nur so flogen. «Vergiss es!» Sie sprang auf und legte ihren knallorangen Rollkoffer auf die Bank. Vorsichtig öffnete sie ihn und kramte darin herum.

Einige Jungs und Mädchen, die in unserer Nähe eine kleine Gruppe bildeten, Einheimische bestimmt, tuschelten auf Italienisch, lachten und zeigten auf Izzy. Langsam begann ich mich unwohl zu fühlen, Hitze schoss in meine Wangen. «Was machst du da?», zischte ich. Endlich hörte sie auf, in dem Koffer herumzuwühlen, und zog triumphierend, als erwartete sie einen Applaus, ein Blatt Papier und Stifte heraus. Was sollte das? Doch dann schrieb sie in Grossbuchstaben *CREMA, CREMONA* auf das Blatt, und ich verstand, was sie vorhatte. Also doch per Anhalter.

Wir liefen etwas die Strasse hinunter, weg aus dem Blickfeld der Gruppe Jugendlicher, die uns lachend etwas auf Italienisch hinterherriefen, das wir natürlich nicht verstanden. Dann stellten wir uns an die einzige Strasse.

Doch schon nach kurzer Zeit stellte sich unser Vorhaben als schier unmöglich heraus. Die Strasse war so gut wie leer, kein einziges Auto fuhr an uns vorbei. Wir sahen einige Italiener, welche die kleinen Shops betraten, aber keiner von ihnen hatte ein Auto. Kurz darauf schöpften wir Hoffnung, als wir Motorbrummen hörten. Es stammte aber von einem Motorrad, welches unmöglich noch zwei weitere Personen transportieren konnte – selbst ohne riesige Rollkoffer!

Ich gähnte und sagte: «Denkst du wirklich, irgendjemand hier würde anhalten und zwei halbstarke Teenager mitnehmen, die nach Touristen aussehen und wahrscheinlich nicht mal Italienisch sprechen? Ich denke, es ist eine bescheuerte Idee.»

Izzy machte sich nicht die Mühe, zu antworten, sondern hielt nur das Schild noch höher und trat etwas näher an die Strasse heran. Was natürlich nichts brachte, da die Strasse ebenso leer war wie zuvor. Wir setzten uns schlussendlich auf den Boden, und Izzy lehnte das Schild an ihren Rollkoffer. Mit einem Gähnen legte sie ihren Kopf auf meine Schulter und schloss die Augen.

Ich beobachtete die Strasse. Viele Jugendliche etwa in unserem Alter liefen in kleinen Gruppen umher, sie lachten ständig und redeten laut miteinander. Von ihren Armen baumelten Einkaufstaschen mit italienischen Markenlogos. Die Sonne fiel schräg über die Häuser und beleuchtete die kleine Strasse, die mit Einkaufsläden gesäumt war. Izzy war eingenickt, und auch ich wurde schläfrig.

Ein lautes Röhren liess mich plötzlich hochschrecken. Ein roter Fiat 500L, ein typischer italienischer Kleinwagen, hielt direkt vor unseren Füssen, und Izzy hob verschlafen ihren Kopf hoch. Wir standen auf, und der Fahrer liess langsam das Fenster hinunter. Er trug eine Sonnenbrille und ein hellblaues Polohemd, welches wegen der Hitze schon leichte Schweissflecken aufwies. *«Ehi ragazzi, volete andare a Crema?»*, fragte er uns. Er konnte ja nicht wissen, dass wir kein Wort Italienisch sprachen.

«We don't speak Italian ...», versuchte Izzy dem Mann zu erklären und sah mich Hilfe suchend an. Ich konnte jedoch nichts sagen, die ganze Situation überforderte mich, und ein grosser Kloss im Hals versperrte meinen Worten mal wieder den Weg.

«Oh, that's fine, I speak some English too. So, do you guys wanna accompany me to Crema?», antwortete der Mann zu meiner Erleichterung. Obwohl ich immer noch nicht sicher war, ob zu einem Fremden ins Auto einzusteigen eine gute Idee war. Aber der Mann schien sehr nett zu sein. *«Yes, that would be very nice, thank you»*, sagte Izzy in dem Moment, und damit war die Entscheidung gefallen. Wir liefen um das Auto herum und stiegen auf die Rückbank ein.

Das Innere des Wagens roch unangenehm nach Bier, und mir war mulmig zumute. Auch Izzy sah nicht mehr so selbstsicher aus wie zuvor. Wir schnallten uns an, und der Fahrer grinste verschmitzt. Er drückte aufs Gaspedal, und der Wagen rumpelte auf dem Pflaster mit den vielen Schlaglöchern weiter. *«What's your name?»*, fragte Izzy den Fahrer. Sie war sehr gut darin, ihr Unwohlsein zu verstecken, etwas, um das ich sie schon immer beneidet hatte. In unangenehmen Situationen, wenn ich voller Angst davonzurennen versuchte, tat sie das genaue Gegenteil und ging immer direkt darauf zu.

«I'm Francesco», sagte er, und ich musste ein Grinsen zurückhalten, sein italienischer Akzent war unüberhörbar. *«I was a student in America, my English skills are quite all right. Are you studying too?»*

«Yes, we're students», ersparte Izzy mir eine Antwort.

«Where are you guys from?», fragte der Fahrer.

Ich verdrehte die Augen, bestimmt schon zum fünften Mal in dieser Minute. Italiener sind zwar offenbar sehr hilfsbereit, aber wohl die neugierigsten Menschen der Welt. *«We're from Switzerland, near Bern»*, antwortete Izzy, von der ganzen Fragerei langsam auch etwas genervt.

Bevor Francesco noch irgendetwas anderes fragen konnte, nahm ich schnell meine AirPods hervor und verband sie mit meinem Handy. Ich klickte auf Spotify und liess «I Want To Break Free» in voller Lautstärke laufen, während Izzy mich wieder mit Hilfe suchenden Blicken durchbohrte. Wahrscheinlich fragte Francesco sie wieder irgendwas, ich jedoch zeigte nur entschuldigend auf meine Kopfhörer und formte mit meinem Mund die Worte: «Sorry, kann dich nicht hören.»

Izzy schnaubte entnervt auf und versuchte, mir die Kopfhörer wegzunehmen. Ich lehnte mich lachend zurück und stiess sie von mir weg, aber mit einem schnellen Griff schnappte sie sich mein Handy und beendete die Verbindung.

«Everything okay with you guys?», fragte Francesco und drehte seinen Kopf weiter nach hinten, als man dies während des Autofahrens tun sollte.

«Yes, we're good», meinte Izzy und steckte mein Handy ein.

«Is it fine if I drop you off around the Palazzo? I think it won't be far to your hotel.»

Izzy nickte und erwiderte: *«That's fine with us, thank you very much.»*

Ich sah aus dem Fenster. Wir fuhren über eine Landstrasse, weit und breit waren keine Häuser zu erkennen. Wusste dieser Typ überhaupt, wo Crema lag? *«Umm … are we driving in the right direction?»*, getraute ich mich zu fragen.

Mit hochgezogener Augenbraue sah Francesco mich durch den Rückspiegel an. *«Who do you think I am?»*, fragte er belustigt.

Ja, dachte ich, wenn ich das wüsste …

Zu meiner Beruhigung erschienen bald einige Häuser, sie sahen aus wie Bauernhöfe. Ich stahl mein Handy von Izzy zurück und öffnete Google Maps. Die Karte zeigte an, dass wir schon an Paullo vorbeigefahren waren und es nicht mehr weit bis nach Crema war. Erleichtert atmete ich auf. Langsam begannen die Strassen auch etwas zivilisierter auszusehen, die vielen Schlaglöcher wurden weniger. *«We're going to reach Crema soon, hang tight!»*, verkündete Francesco uns feierlich, als wären wir in einem lahmen Actionfilm.

Ich blickte auf die Digitalanzeige meines Handys. Wir waren jetzt etwa eine Stunde unterwegs, es fühlte sich jedoch nach viel mehr an.

«Hey, schau mal!», rief Izzy da begeistert, packte mich an der

Hand und zeigte aus dem Fenster. Als ich durch das getönte Fenster blickte, hatte ich keine Ahnung, wovon Izzy sprach. Die Strasse sah unspektakulär aus, Einkaufsläden säumten sie, und wie gewohnt standen Gruppen von jungen Leuten auf der Strasse, die meisten auf ihr Handy fixiert.

«Was ist denn da so toll?», fragte ich.

«Wir wollten doch noch etwas Sightseeing machen, bevor wir im Hotel einchecken …» Izzy strahlte mich an. Shoppen zu gehen war eine ihrer Lieblingsbeschäftigungen.

Ich musste lachen. «Izzy, Shoppen hat nichts mit Sightseeing zu tun, sondern eben mit Shoppen. Und ich habe echt keine Lust darauf, jetzt noch einkaufen zu gehen. Wie sollen wir dann nachher nach Crema kommen?»

Francesco sah uns fragend an. *«What are you talking about?»,* wollte er wissen.

«We just wanted to go shopping, but aren't sure how we could get to our hotel afterwards», antwortete Izzy.

«I know what to do!», sagte Francesco, sein Gesicht hellte sich auf vor Freude, uns behilflich sein zu können. *«There is a street full of stores, approximately five minutes from your hotel.»*

Izzy und ich tauschten rasche Blicke aus. *«Yeah, thanks, that would be great.»*

Wir fuhren noch etwa eine Viertelstunde weiter, bevor der Wagen plötzlich anhielt. Es war jetzt später Nachmittag, dennoch schien die Sonne immer noch prall auf die Stadt hinunter.

«Here we are», verkündete Francesco. Er stieg aus und öffnete Izzy galant die Tür.

Izzy stieg aus, reckte den Kopf zum Himmel und atmete begierig die frische Luft ein. Ich folgte ihrem Beispiel und spürte, wie ich etwas entspannte. Währenddessen öffnete Francesco den Kofferraum und holte unsere beiden Koffer heraus. Er stellte sie auf die Strasse, fast bedauerlich reichte er mir den Griff des einen Koffers.

«*Have a nice one*», sagte er und lächelte uns an, «*but be careful, there are a lot of creepy people around here.*» Dann stieg er rasch wieder in den Wagen, rückte kurz die Sonnenbrille zurecht und brauste davon, sodass wir ihm nur noch ein «*Thank you very much for your help!*» nachbrüllen konnten.

Izzy sah auf die Strasse, die noch immer vor Hitze flimmerte, dann auf unsere beiden grossen Koffer – und prustete los. «Auch wenn er ein bisschen viel gefragt hat, fand ich Francesco total nett», sagte sie dann. «Hoffentlich sind alle Italiener so hilfsbereit und fröhlich.»

Wir nahmen unsere Koffer und zogen sie in Richtung der Einkaufsläden. «Wohin wollen wir unsere Koffer so lange stellen?», fragte ich. Ich würde diesen Koffer definitiv nicht die ganze Zeit mit mir herumschleppen. Izzy zeigte auf eine Schliessfachwand, die direkt neben einem grossen Einkaufszentrum aufgestellt war. Ich zögerte, könnte nicht einfach jemand kommen und dieses Glas einschlagen, und dann wären unsere Koffer weg? Aber dann siegte die Bequemlichkeit, und wir schlossen unsere Koffer ein.

«Also ... mit welchem Laden möchtest du starten?», fragte ich.

Kapitel 3

«Wie wäre es mit dem da?», sagte Izzy mit leuchtenden Augen und zeigte auf eine grosse Boutique, eine Art Kleidersalon mit italienischem Namen, den sie wahrscheinlich selbst gar nicht kannte. Junge Mädchen mit Einkaufstaschen liefen lachend ein und aus, untergehakt bei gut aussehenden jungen Männern, die sich oft durch die Haare fuhren und mit den Händen gestikulierten. Ich spürte ihre musternden Blicke, abschätzend, hörte ihr leises Gemurmel, bestimmt sprachen sie über uns.

Unangenehm berührt zog ich die Schultern hoch, als wollte ich mich im Kragen meines Shirts verstecken. Ich spürte das altbekannte Gefühl, wie sich in meinem Hals ein grosser Kloss bildete, mein Bauch spannte sich an. «*Atme*», befahl ich mir im Stillen. «*Ein und aus. Langsam. Du kannst das.*» Hinter mir ertönte ein leises Lachen, ich zuckte zusammen und drehte mich um, konnte jedoch niemanden ausmachen. Der Kloss füllte nun meine ganze Kehle aus, ich fühlte mich, als würde ich gleich ersticken.

«Aris, alles okay?» Stirnrunzelnd packte Izzy meinen Arm. «Hey, alles gut», flüsterte sie, während ihre Augen sich tief in meine bohrten. Ihre Augen waren grün, mit kleinen goldenen Sprenkeln, während Izzy von meinen Augen immer behauptete, sie seien so blau wie ein tiefer See in den Bergen. Izzy spürte es immer sofort, wenn eine meiner Panikattacken einsetzte, und nur ihr gelang es, in solchen Momenten zu mir vorzudringen, meine Angst zu durchbrechen.

Mein Atem ging immer schneller, ich schnappte nach Luft, und mir wurde plötzlich heiss. Verzweifelt schlang ich meine Arme um mich, als ob ich so mein pochendes Herz beruhigen könnte. Ich wusste nicht, was tun. Schon tanzten schwarze

Punkte vor meinen Augen. Jetzt hatte mich die Angst ganz und gar im Griff.

«Aris!» Wie aus weiter Ferne hörte ich Izzys Stimme. Ich spürte, wie sie meine Hand nahm. Willenlos liess ich mich zu einer weniger belebten Stelle der Strasse führen und mich gegen eine Hauswand lehnen. Sie wusste aus vielen solchen Situationen in den letzten beiden Jahren, dass es in diesen Momenten nicht wirklich half, mit mir zu sprechen. Sie stellte sich direkt vor mich, schützte mich mit ihrem Körper vor den Blicken der anderen und hielt meine Hand in ihrer. Das half meistens, die abfälligen Blicke der Leute schienen mich so nicht mehr zu verfolgen. Der Schatten wich zurück.

Ich spürte, wie das Atmen zurückkehrte. Keuchend schnappte ich nach Luft und schloss die Augen, atmete langsam ein und aus, ein und aus … Ich hatte überlebt. Wieder einmal.

Izzy spürte, dass sich mein Atem etwas normalisiert hatte, und lächelte. «Wieder okay?», fragte sie sanft, ihr forschender Blick suchte meinen, ein kleines Lächeln, hilflos und voller Hoffnung.

Ich nickte und versuchte zurückzugrinsen, während noch einige Schweisstropfen meine Schläfen hinunterrannen. Izzys Lächeln wurde tiefer, breitete sich auf ihrem ganzen Gesicht aus, und wieder einmal war mir bewusst, was für eine fantastische beste Freundin ich hatte. Obwohl sie nicht immer wusste, wie sie mir helfen konnte, gab sie jedes Mal ihr Bestes. Niemals würde ich ihr diesen Trip nach Crema, auf den sie sich so sehr gefreut hatte, vermiesen. Ich musste mich zusammenreissen.

«Wieder okay?», fragte Izzy mich erneut, und ich war versucht aufzulachen. Nein, nichts war okay. Aber es würde auch nie okay sein. Jedes Mal, wenn jemand mir zu nahe kam, mich, meine wahre Persönlichkeit kennenlernen wollte, flippte ich innerlich komplett aus. Und dann kam die Angst – die Angst, so gesehen zu werden, wie ich wirklich war. Und diese Angst verschlang alles. Doch das war nicht immer so gewesen. Vor zwei Jahren, da war ich anders, da hatte ich … STOPP, befahl ich mir selbst, denk nicht zurück! Reiss dich zusammen – für Izzy, für diese Reise! Deshalb zuckte ich nur mit den Schultern, brachte sogar ein Lächeln zustande und sagte: «Nach Ihnen, Eure Hoheit.»

Wir gingen zurück zu dem Laden. Er war klimatisiert, und wir freuten uns, die erdrückende Hitze hinter uns zu lassen. Der Laden erschien mir riesig, verströmte aber ein Gefühl von Heimeligkeit mit seinem Holzboden und den vielen Dekopflanzen, die an der Wand angeordnet waren. Izzys Augen leuchteten.

«Hier, schau mal!», sagte sie und zeigte auf ein Metallica-Shirt. Ich verdrehte die Augen, im Gegensatz zu ihr konnte ich Metallica kein bisschen ausstehen. Suchend durchstöberte ich die Kleiderständer, immer noch etwas wacklig auf den Beinen. Wie ich den Style des Ladens einschätzen sollte, wusste ich nicht genau, es sah wie eine Mischung aus mindestens drei Generationen Mode aus.

Zum Glück waren in der Zwischenzeit die meisten Leute aus dem Laden verschwunden. Nur eine Gruppe Jugendlicher mit auffälligen Tattoos befand sich noch im Laden. «Ich geh die mal anprobieren», sagte Izzy und zeigte auf den Stapel Kleider, den sie auf ihrem Arm aufgeschichtet hatte. Schnell schnappte ich mir einige Hosen und ein gelbes Hemd, ohne auf die Grösse zu achten, und folgte ihr.

Die Umkleiden waren auf der anderen Seite des Ladens, schmale, cremefarbene Vorhänge vor einem grossen Spiegel.

Ich betrat die Kabine und liess mich sofort auf den kleinen Hocker fallen. Seufzend schloss ich die Augen und nahm einen tiefen Atemzug. Wir waren noch nicht mal einen Tag in Crema, und ich fühlte mich schon miserabel. Ich kam einfach mit den Leuten hier nicht wirklich klar, ihre Geselligkeit, ihr Küsschen hier, Küsschen da, ihre Offenheit. Ich seufzte. Die Ruhe in der Kabine, ihre Abgeschiedenheit tat gut. Ich würde sie noch etwas geniessen.

Ich weiss nicht, wie viel Zeit vergangen war, als sich plötzlich der Vorhang ein kleines Stück öffnete. Erschrocken sprang ich auf. Zum Glück war es nur Izzy.

«Bist du endlich fertig?», fragte sie mich etwas verärgert, «ich will dir mein Outfit zeigen!»

Ich grinste sie an. «Eine Minute noch!» Schnell streifte ich mir das gelbe Hemd über und griff wahllos nach einer der Hosen, die ich rasch anzog. Kritisch betrachtete ich mich im Spiegel. Ich selbst gefiel mir, seit es wieder modern war, die Haare länger zu haben, hatte ich meine auch wachsen lassen, und ihr Dunkelblond passte gut zu meiner etwas helleren Haut. Die Grösse, nun ja, ich war nicht sehr gross, aber auch nicht zu klein, genau richtig, fand ich. Ich war auch sportlich, konnte jedoch nie mit Izzy mithalten, die Sport liebte und sogar Klassenbeste im Sportunterricht war.

Dann fiel mein Blick auf die Hose, oh, Gott, nein, auf keinen Fall! Sie war mindestens zwei Nummern zu gross und sah noch dazu einfach schrecklich aus. Das Hemd hingegen gefiel mir, sehr sogar. Es würde auch gut zu meinem Lieblingsoutfit passen: einfach Jeans und ein T-Shirt – oder in dem Fall ein tolles Hemd.

Ich öffnete den Vorhang, und Izzy quietschte begeistert. «Das Hemd sieht fantastisch aus! Die Hose … na ja …»

Izzy selbst sah auch cool aus, das Metallica-Shirt so lässig in die Jeans gesteckt. Sie war ein grosser Fan von ausgefallener Kleidung – je farbiger, umso besser. Sie liebte Crop-Tops, farbige Shorts, Modeschmuck und alles Spezielle. Mit ihrem ansteckenden Lachen, den blonden Haaren und ihrer selbstbewussten Ausstrahlung konnte Izzy alles tragen.

Ich sah zu ihr rüber, wir grinsten uns an, hakten uns unter und machten die verrücktesten Posen vor dem Spiegel, bis wir beide vor Lachen nicht mehr konnten.

Plötzlich aber gähnte sie und sagte: «Vielleicht sollten wir jetzt mal zum Hotel gehen, ich werde langsam müde und habe für heute erst mal genug vom Shoppen.» Ich nickte zustimmend, und wir gingen wieder in unsere Umkleidekabinen. In Windeseile zog ich mir die Hose aus, diesen Anblick konnte ich wirklich nicht länger ertragen.

Ein paar Minuten später standen wir beide an der Kasse, ich mit meinem gelben Hemd und Izzy mit ihrem Metallica-Shirt. *«That would be 20 euros»*, sagte die Verkäuferin, die natürlich schon bemerkt hatte, dass wir nicht von hier waren. Wir packten unsere Sachen und hasteten in Richtung des Ausgangs, ich mit gesenktem Kopf, da schon wieder einige Leute in den Laden strömten.

Plötzlich prallte ich gegen etwas. *«Ehi, cosa stai facendo?»*, fragte eine Stimme belustigt. Unsicher schaute ich auf und sah einen Jungen, etwas kleiner als ich, der gerade mit ein paar Freunden den Laden betreten wollte. Er trug ein weisses Shirt und darüber eine silberne Kette mit einem schlichten Kreuzanhänger, welcher mit ein paar kleinen, funkelnden Steinen besetzt war.

«I ... I'm very sorry», stotterte ich und wollte rasch Izzy folgen, die bereits draussen war, doch der Junge rief: *«Stop,*

not so fast … Or are you a bank robber on the run?» Wieder lachte er. *«What's your name?»*

Verwirrt blieb ich stehen und drehte mich um. *«Umm … Aris. Aris Sierra.»*

Der Junge war stehen geblieben und betrachtete mich interessiert.

«Cool. Mine's Gabriel. You're not from here, right?» Ich schluckte. Gabriels Freunde hatten bemerkt, dass ihr Kumpel fehlte, und sich suchend umgedreht. Jetzt sahen sie uns und kamen auf uns zu, tuschelnd und grinsend. Mir wurde sofort wieder schlecht, und statt einer Antwort bekam ich nichts ausser einem Stottern heraus.

Gabriel sah mich verwirrt an. Er war richtig süss. Sein Pech, dass er sich offenbar gerade für jemanden wie mich interessierte. Vielleicht, dachte ich, wäre ich in ein paar Jahren so weit, vielleicht wäre ich dann endlich bereit für all dies. Jetzt aber überkam mich wieder die altbekannte Angst. Ich sah mich rasch um, ob jemand unser Gespräch mitgehört hatte und über mich lachte, aber offensichtlich nicht. Ich schüttelte den Kopf, und Gabriels Gesichtsausdruck wurde immer verwirrter. Ohne ein weiteres Wort rannte ich aus dem Laden, bevor seine Freunde ihn erreichten und ihm Fragen über diesen seltsamen Jungen stellen konnten. Ich wollte nur weg von hier!

«Hey!», rief Gabriel mir hinterher, *«I'm really sorry if I offended you or something!»*

Ich drehte mich aber nicht mehr um, sondern scannte stattdessen panisch die Menge: Wo war Izzy? Da sah ich sie, an den Rand eines Brunnens gelehnt, ihre Augen suchten nach mir. Ich lief zu ihr. Sie lächelte erleichtert, ihr Gesicht wurde allerdings sofort ernst, als sie meine angespannte Miene sah.

«Was war los?», fragte sie.

Ich schüttelte nur den Kopf und murmelte: «Ich kann jetzt nicht darüber reden.» Dann sank ich auf den Boden, schloss die Augen und versuchte krampfhaft, die Tränen zu unterdrücken, die in mir hochstiegen.

Izzy setzte sich neben mich und zog mich in eine Umarmung. Ich hielt meine Augen zusammengepresst, das Letzte, was ich jetzt sehen wollte, waren all die Leute, die mich wahrscheinlich gerade anstarrten.

«Wieso bin ich so?», hauchte ich verzweifelt. Ich weiss, es klang bescheuert, das so zu sagen. Millionen Menschen sterben an Krebs, andere durchleiden jahrelang Krieg und Hunger. Mein Leben war nicht schwer, das stimmte definitiv nicht. Aber ich würde es liebend gerne stoppen, mich immer so zu fühlen! Die Hilflosigkeit, die ich empfand, wenn ich auf andere zugehen sollte. Das Tuscheln, welches ich immer förmlich im Nacken spürte. Ich fühlte mich, als müsste ich permanent mein Umfeld im Auge behalten. Ich war der Fisch im Aquarium, hämmerte verzweifelt an die Scheibe, aber niemand liess mich hinaus. Ich spürte, wie mein Atem bei diesen Gedanken wieder flacher wurde, und drückte Izzy an mich. Mein Herz beruhigte sich endlich, und nach einer Weile löste Izzy sich aus der Umarmung und lächelte mir aufmunternd zu.

«Wir sollten zu unserem Hotel gehen, langsam ist es echt Zeit.»

Ich nickte und versuchte, mich zu sammeln. Rasch sah ich mich um, glücklicherweise war so gut wie niemand mehr auf der Piazza, sodass ich einfach wieder aufstehen konnte. Im gleichen Moment leuchtete mein Handydisplay auf, eine Nachricht von meinen Eltern, *ob ich den Trip genoss.*

Ich schnaubte. So konnte man es natürlich auch nennen. Ich entsperrte mein Handy und schrieb ihnen schnell zurück:

`Alles super. glg`

Dann öffnete ich Google Maps und gab die Adresse unseres Hotels ein. Es war zum Glück nur circa zehn Minuten entfernt – der Tag war bisher schon anstrengend genug gewesen.

Kapitel 4

«*And what's your name?*», fragte uns die Hotelangestellte ungeduldig, während sie mit ihren langen Fingernägeln auf den Marmortresen trommelte.

«Andersson», antwortete Izzy und musterte dabei die Hoteleinrichtung. Das Hotel sah besser aus, als wir es uns vorgestellt hatten, obwohl es das wahrscheinlich günstigste in ganz Crema war. Den Eingangsbereich schmückten einige Zimmerpflanzen, und der Holzboden glänzte.

Die Angestellte, auf deren Namensschild «L. Marino» stand, musterte uns misstrauisch. Sie fragte uns, ob wir schon achtzehn waren, und wir schüttelten die Köpfe und grinsten uns an, weil jemand uns Sechzehnjährige schon für volljährig hielt. Izzys Mutter hatte das Hotelzimmer für uns gebucht, und schon da war es extrem schwierig gewesen, die Hotelangestellte davon zu überzeugen, dass zwei Teenager aus der Schweiz in Italien alleine ein Hotelzimmer nehmen durften.

«*Should I call my mother?*», fragte Izzy schliesslich genervt. Die Angestellte nickte und bestand darauf, persönlich mit Izzys Mutter zu reden. So eine blöde Ziege – wieso konnte sie uns nicht einfach das Zimmer geben? Izzy drückte auf ihrem Handy die Kurzwahl für ihre Mutter, die sofort ranging. Dann erklärte sie ihr die Situation und reichte das Handy an Frau L. Marino weiter. Diese redete kurz mit Izzys Mutter auf Italienisch. Schlussendlich begnügte sich die Hotelangestellte mit unserer ID, zog zwei kleine Schlüsselkarten aus der Schublade und reichte sie uns.

«*Okay, the room is booked for four nights, you'll have to leave at 3 p.m. on the last day*», informierte sie uns. Genau so hatten wir das auch geplant: Wir wollten nur vier Nächte in Crema verbringen, danach zurück nach Mailand fahren und dort noch ein paar Tage bleiben. Wie lange, wussten wir noch nicht, das wollten wir ganz spontan entscheiden.

Mit den Schlüsselkarten und unserem Gepäck betraten wir den Aufzug, der im Vergleich zum Rest des Hotels ziemlich heruntergekommen aussah. «Ich traue diesem Lift nicht», brummte ich, was Izzy aber mit einem Schulterzucken abtat, auch wenn ich ihr ansah, dass sie nicht so sicher war, wie sie vorgab.

Endlich in unserem Zimmer angekommen, atmete ich erleichtert auf. Die erste Hürde unseres Ausflugs war überstanden, ich war fix und fertig und warf mich sofort aufs Bett.

Das Hotelzimmer hatte Izzys Mutter gut gewählt, es war sehr schön und hatte zweieinhalb Zimmer: ein Schlafzimmer mit Doppelbett, ein Wohnzimmer mit Couch und ein Bad. Allerdings sah alles ein wenig zusammengequetscht aus, was mich aber nicht störte. Wir wollten die Tage hier schliesslich nicht im Hotel verbringen.

Ich stellte meinen Koffer neben die Couch, wo ich schlafen würde, während sich Izzy auf dem Bett einrichtete. Ich hasste es, mit ihr im selben Bett zu schlafen, da sie immer sehr lebhaft träumte und mich schon mehrmals auf den Boden bugsiert hatte. Ich musste grinsen bei dem Gedanken, wie viele liebend gerne an meiner Stelle gewesen wären. Doch bei der Wahl ihrer Freunde hatte Izzy kein Glück, ihre Beziehungen dauerten meist nicht lange, denn Izzy hat ganz genaue Vorstellungen davon, wie es laufen musste, und machte keine Kompromisse, sondern dann lieber gleich Schluss. «Ich gehe mal duschen», sagte sie jetzt und gähnte. Ich nickte ihr zu und machte es mir auf der Couch gemütlich. Vorsichtig holte ich mein Notizbuch aus dem Rollkoffer und öffnete es.

Schon seit einer Weile wollte ich ein Buch schreiben, und

welche Umgebung konnte inspirierender sein als Crema?

Ich hatte vor Längerem mit meinem Buch begonnen, war aber über den ersten Satz nicht hinausgekommen, und seit einer Weile hatte ich eine Schreibblockade – sofern man nach nur einem geschriebenen Satz von einer Schreibblockade sprechen konnte! –, was mich extrem frustrierte. Auch jetzt konnte ich keinen einzigen ganzen Satz zu Papier bringen. Nervös tappte ich mit meinem Stift gegen das Notizbuch, aber die Seiten blieben leer. Mein erster Satz lautete: Once upon a time, there was … – das war alles. Ich wollte die Geschichte unbedingt in Englisch schreiben, Englisch war mein absolutes Lieblingsfach. Aber erst mal musste die Schreibblockade verschwinden, sonst wurde aus dem Buch sowieso nichts.

«Ich bin fertig!», rief Izzy plötzlich. Sie kam aus dem Badezimmer, die Haare immer noch triefend nass. Mit einem Stöhnen stand ich auf und schlurfte auf das Badezimmer zu.

Izzy musste bei meinem Anblick lachen, sie kam zu mir und umarmte mich, wobei ihre Haare mein T-Shirt durchtränkten.

«Ich weiss nicht, was ich schreiben soll!», jammerte ich.

Seufzend verschränkte sie die Arme. «Es gibt definitiv schlimmere Probleme, Aris.»

Kapitel 5

Sonnenstrahlen und ein lautes Krachen weckten mich. Erschrocken sprang ich auf, blickte orientierungslos um mich und erinnerte mich endlich, dass wir im Hotel in Crema waren. Das Geräusch, das mich geweckt hatte, schien von draussen zu kommen. Ich blickte auf mein Handy, es war schon acht Uhr. Mein Rücken schmerzte fürchterlich, dies war wirklich die unbequemste Couch, auf der ich je geschlafen hatte. Verschlafen griff ich nach der erstbesten Jeans und zog sie an.

Izzy schlief noch tief und fest und schnarchte dabei, ich musste grinsen und nahm mir vor, sie später damit aufzuziehen.

Ein lautes Knurren riss mich aus meinen Gedanken: Mein Bauch, der seit gestern Morgen nichts mehr bekommen hatte, meldete sich zu Wort. Ich blickte wieder zu Izzy hinüber, die immer noch nicht wach war. Ich schnaubte und ging zu ihrem Bett. Denn Riesenhunger hin oder her, allein wollte ich nicht in die Cafeteria gehen.

Ich rüttelte an ihrer Schulter. «Wach auf!» Sie rührte sich nicht. «Wach endlich auf!», rief ich energischer und rüttelte noch mehr. Grummelnd drehte sie sich auf die andere Seite. Na schön, sie wollte es so.

Ich holte meine kleine Wasserflasche aus dem Koffer, drehte sie auf und leerte ein bisschen über Izzys Kopf. Prustend schreckte sie auf und schrie mich an: «Bist du komplett bescheuert?!» Ich lachte nur, denn das hatte ich schon immer mal tun wollen. «Komm schon, Izzy, steh endlich auf, ich habe Hunger!»

Stöhnend erhob sie sich und scheuchte mich aus dem Zimmer. «Zieh dich erst mal anständig an», brummelte sie immer noch total verschlafen. Ich sah an mir herunter und bemerkte, dass ich wieder die schmutzige Jeans von gestern anhatte. Schnell zog ich eine neue an und streifte mir ein blaues Shirt über – fertig.

Ein paar Minuten später waren wir beide bereit, um frühstücken zu gehen. Izzy musterte mich mit genervten Blicken, ob wegen der Wasserattacke oder weil ich sie so früh geweckt hatte, war unklar. Ich grinste nur und tat, als würde ich es nicht bemerken.

Mit dem Fahrstuhl fuhren wir nach unten und betraten den Frühstücksraum. Er war voller Leute, die runden Tische waren bis auf einen besetzt, und an der Ausgabe standen noch weitere Leute an. Viele schauten mich neidisch an, wahrscheinlich dachten sie, wir wären ein Paar.

Ich hingegen blickte betreten auf meine Hände und war mir plötzlich meines verschlafenen Aussehens unangenehm bewusst. Izzy wollte sich schon in die Schlange stellen, da nahm ich schnell ihren Arm und flüsterte ihr ins Ohr: «Wollen wir nicht lieber oben essen?»

Sie drehte sich besorgt um, ihre Augen musterten mich, suchten nach den typischen Anzeichen einer bevorstehenden Panikattacke: Schweissausbrüche, Erröten, das Zittern meiner Hände. Unsicher sagte sie leise: «Wolltest du nicht genau hier in Crema versuchen, deine Angst zu überwinden?»

Ich sah mich um und betrachtete die Menschen im Frühstücksraum. Es schien, als würden sie aufsehen, mich begutachten, auf mich zeigen. Etwas links von uns entdeckte ich ein spöttisches Grinsen in der Menge – galt das mir? Ich stellte mir vor, mich einfach hinzusetzen und zu essen, einen Bissen nach dem anderen. Die Tasse in die Hand zu nehmen, einen Schluck zu trinken, während mich alle mit ihren Blicken durchbohrten ... Nein. «Ich kann das nicht», sagte ich hilflos.

Izzy nickte verständnisvoll. «Also gut. Ich kümmere mich ums Frühstück. Es darf uns nur keiner erwischen», sagte sie, und ihre Stimme klang ein wenig besorgt, doch ich wusste, dass ihr das nichts ausmachte, sie verstiess gerne gegen die Regeln.

Schnell huschte sie zur Ausgabe, schnappte sich zwei Brote, ein kleines Glas Nutella und noch zwei Cornetti. Getränke hatten wir zum Glück oben. Währenddessen sah ich auf mein Handy und versuchte, beschäftigt zu wirken. Kurz darauf war Izzy wieder bei mir, kichernd stiess sie mich in Richtung des Aufzugs. Ich stolperte hinter ihr hinein und drückte schnell auf den Knopf des dritten Stocks, damit niemand weiteres hereinkommen konnte.

In unserem Hotelzimmer machten wir es uns auf dem Bett gemütlich und frühstückten.

«Was war da eigentlich gestern in dem Laden zwischen diesem Typen und dir?», fragte Izzy mit vollem Mund. «Ich weiss, du wolltest nicht darüber reden, aber …» Sie wusste nicht, wie weiter.

Ich holte tief Luft. «Keine Ahnung, ich stiess aus Versehen mit ihm zusammen, er zeigte irgendwie Interesse und fragte mich nach meinem Namen, und ich habe Panik gekriegt.»

Izzy nahm einen weiteren Bissen von ihrem Brot. «Aris, du solltest …», fing sie an, doch ich unterbrach sie gleich, da ich genau wusste, was nun kommen würde.

«Ich weiss», sagte ich resigniert.

Sie verdrehte die Augen. Normalerweise liess sie das Thema gleich fallen, sobald sie merkte, wie unangenehm mir dann zumute war. Heute jedoch liess sie nicht locker.

«Aris, ich weiss, dass ich es nicht nachvollziehen kann und es deshalb auch nie wirklich verstehen werde, wie du dich in solchen Situationen fühlst. Aber ich kenne dich, Aris. Schon so lange. Früher, da warst du anders! Du warst immer für alle da. Du hattest Freunde.»

Ich sah sie bittend an, doch sie sprach einfach weiter.

«Du und ich, wir wissen beide, dass du seit über zwei Jahren mit niemandem geredet hast, den du nicht schon mindestens ein Jahr kanntest! Du bist einer der interessantesten Menschen, die ich je kennengelernt habe. Und nichts, absolut gar nichts, Aris, sollte dich davon abhalten, deine Gedanken und Gefühle mit anderen zu teilen. Es tut mir leid, es so hart sagen zu müssen, Aris, aber du versteckst dich. Hinter mir, hinter unserer Freundschaft. Und ich weiss nicht, was ich tun soll, um dir zu helfen.» Sie atmete aus, und es schien, als wäre ihr eine grosse Last von den Schultern gefallen.

Ich fragte mich, wie lange sie mir das eigentlich schon sagen wollte, ohne es je wirklich zu tun, aus Angst, meine Gefühle zu verletzen. Ich schluckte leer. «Ich …», fing ich an, konnte aber den Satz nicht zu Ende führen. Gerne hätte ich mich verteidigt, doch der Punkt war, dass sie schlichtweg recht hatte. Ich versteckte mich hinter unserer engen Freundschaft, ich wollte verbergen, wer ich wirklich war.

In diesem Moment fühlte es sich an, als würde alles über mir zusammenstürzen, und schluchzend fiel ich in Izzys Arme. Sie verstand mich, ohne dass ich etwas sagen musste, und schlang ihre Arme um mich. Auch sie hatte angefangen zu weinen. «Ich habe einfach Angst», sagte ich leise. Im selben Augenblick, als ich es aussprach, sah ich alles ganz klar vor mir. «Ich will nicht, dass sie sehen, wer ich wirklich bin, wie ich wirklich bin, dass ich anders bin», stammelte ich unter Tränen.

Wie eine Welle überrollten mich die Erinnerungen. Die

langen letzten zwei Jahre, die ich voller Angst verbracht hatte, jedes Mal, wenn mir jemand zu nahe kam. Etwas schüchtern war ich schon immer gewesen, ich erinnerte mich, wie ich mich in der ersten Klasse des Gymnasiums allen vorstellen musste und mit knallrotem Kopf kaum meinen Namen stammeln konnte. Oder wenn ich in die Stadt ging und die anderen hinter meinem Rücken über mich tuschelten, sodass ich immer schneller lief und unter ihrem Gelächter schliesslich panisch davonrannte. Oder wie ich bei meinem ersten Besuch der Schulkantine vor lauter Nervosität versehentlich den gesamten Inhalt meines Tabletts auf unsere Lehrerin leerte.

Die Spirale der Erinnerungen drehte sich immer schneller vor meinen Augen, bis sie plötzlich bei einem viel zu vertrauten Bild stehen blieb. Ich sah mich selbst vor zwei Jahren, in der zweitletzten Schulwoche vor den Ferien. Mein damals bester Freund Austin und ich standen noch vor dem Eingang der Schule und quatschten ein wenig, die meisten Schüler waren bereits gegangen. Doch ich musste ihm noch etwas Wichtiges mitteilen: Ich war verliebt! Ich hatte eine Fernbeziehung mit Marco begonnen, einem Jungen aus Deutschland. Ich erinnerte mich noch an meine zitternden Hände, wie ich mir fahrig durch die Haare strich, als ich es Austin erzählte. Damals war ich mir sicher, wie Austin auf die Nachricht reagieren würde, dass er sich für mich und mit mir freuen würde. Wir kannten uns schon seit Jahren, waren beste Freunde und zusammen durch dick und dünn gegangen. Er würde nie anders über mich denken, wir würden immer beste Freunde bleiben. Aber ich hatte mich getäuscht.

Ich spürte, wie mir nun neue Tränen in die Augen stiegen bei der Erinnerung, was dann an jenem Tag geschah. Austin sah mich entsetzt an und wich ein paar Schritte von mir zurück, als ob ich eine ansteckende Krankheit hätte. Dann sagte er Dinge zu mir, welche ich nie von ihm gedacht hätte und die sich mir unauslöschlich ins Gedächtnis eingebrannt haben: «Du bist schwul?!? Das gibt es doch gar nicht! Wie krank ist das denn? Und das mit Selena, war das nur gespielt …? Eh, sag bloss nicht, du warst nur mit ihr zusammen wegen ihrem grossen Bruder? Ich habe gesehen, wie du ihn manchmal angesehen hast. Mann, fass mich ja nie mehr an. Ich bin fertig mit dir.» Mit hochrotem Kopf und zornigen Augen sah er mich an und ging dann, ja rannte fast vor mir weg.

An unserer Schule gab es Unmengen von Leuten, welche mich akzeptiert hätten als der Mensch, welcher ich wirklich bin. Denen es egal war, auf wen man stand – Hauptsache, man war okay. Ich aber hatte das Pech, mich mit dem grössten Idioten überhaupt angefreundet zu haben und zu glauben, er sei mein bester Freund, dem ich all meine Gefühle und Geheimnisse anvertrauen konnte.

Ich erinnerte mich an diesen Moment, als wäre es gestern gewesen. Denn ab da erzählte Austin das nicht nur überall herum, sondern beleidigte mich, wenn er mich nur sah. Er warf mir Schimpfwörter an den Kopf oder machte obszöne Bewegungen, sobald er mich irgendwo entdeckte. Die Wut in mir auf ihn wurde immer stärker, und als ich mich eines Tages auf dem Schulhof mit einem Jungen unterhielt, stellte er sich dazu und sagte mit einem gemeinen Grinsen im Gesicht zu dem Jungen: «Vorsicht, Mann, der Typ ist eine Schwuchtel.» Da verlor ich die Beherrschung und stiess ihm mit ungeahnter Kraft so stark mit der Faust auf die Brust, dass er nach hinten fiel. Dabei verletzte er sich schwer am Kopf. Es war ein Missgeschick gewesen, ein Unfall, etwas, das ich mich sonst nie getraut hätte. Aber es war passiert und nicht rückgängig zu machen. Da spielte es auch gar keine Rolle, dass der Sturz bei Austin ausser einer kleinen Narbe am Hinterkopf keine bleibenden Schäden hinterliess.

Als Folge des Unfalls fand ein Gespräch mit dem Schulleiter statt, das erste und einzige meiner gesamten Schulkarriere. Meine Eltern mussten dabei sein. Und so musste ich mich vor ihnen und dem Schulleiter unfreiwillig outen. Meine Eltern waren enttäuscht – ob wegen der Tatsache, dass ihr Sohn Jungen den Mädchen vorzog oder weil ich so gewalttätig gewesen war, dass ein anderer Schüler dadurch schwer verletzt worden war, war nicht klar. Ich habe mich auch nie getraut, sie danach zu fragen, die Sache wurde einfach totgeschwiegen.

Über all die schlimmen Dinge, die Austin zu mir gesagt hatte, über all die Schikanen, die dazu geführt hatten, dass ich ausrastete, wurde kein Wort verloren. Ich war in ihren Augen der Täter, nicht das Opfer.

Von diesem Tag an ging es nur noch bergab. Ich versteckte mich, wollte niemanden an mich heranlassen. Obwohl viele meiner Klassenkameraden und Klassenkameradinnen anfangs versuchten, mich zu unterstützen, und mir klarmachten, dass sie immer für mich da waren, redete mein ehemaliger bester Freund kein Wort mehr mit mir, und ich schottete mich immer weiter ab. Das war die Zeit, als es mit den Panikattacken losging.

Beim ersten Mal dachte ich, ich müsste sterben, weil ich fast keine Luft mehr bekam. Sobald Menschen auf mich zugingen, vielleicht auch nur eine banale Frage wie etwa nach dem Weg stellten oder gar Interesse an mir zeigten, überrollte mich die Angst. Eine Zeit lang hatte ich täglich Panikattacken und verliess ausser zur Schule kaum das Haus. In letzter Zeit wurde es besser, was ich vor allem Izzy zu verdanken hatte.

Und natürlich hatte sie recht: Um wirklich meine Angst überwinden zu können, musste ich aufhören, mich hinter unserer Freundschaft zu verstecken, und für mich selbst einstehen.

«Aris?», riss mich Izzy aus meinen Gedanken.

Ich sah sie an und sagte: «Du hast recht, Izzy. Es tut mir leid. Ich verspreche dir, dass ich mein Bestes versuchen werde.» Ich wusste nicht, was ich sonst noch sagen sollte.

Sie nickte nur, sie wusste, dass sie im Moment nicht mehr von mir erwarten konnte, dass ich nichts versprechen wollte, was ich später vielleicht nicht halten konnte. Etwas hilflos schaute sie mich an und versuchte das Thema zu wechseln. «Willst du noch einmal versuchen, mit dem Jungen von gestern zu reden?», fragte sie schliesslich.

Genervt schaute ich ihr ins Gesicht und zog eine Augenbraue hoch. «Als ob das etwas ausmachen würde! Wahrscheinlich spricht er gerade mit seinen Freunden über den komischen Typen, der weglief, anstatt ihm einfach zu erzählen, aus welchem Land er kommt», sagte ich.

Schulterzuckend antwortete sie mit einem Grinsen: «Man weiss nie, vielleicht steht er ja auf Psychos.»

Ich lachte empört auf und stiess sie spielerisch mit meiner Schulter um. Sie kreischte auf. «Hey, jetzt habe ich Nutella auf meinem Metallica-Shirt!» Während sie verzweifelt versuchte, den Fleck wegzureiben, stand sie auf und fragte: «Wollen wir heute eigentlich an den Strand gehen? Oder in die Stadt?»

Ich stand ebenfalls auf und griff wieder nach meinem Notizbuch. Während ich mich auf die Couch fallen liess, antwortete ich: «Weiss nicht, eigentlich wollte ich mich heute auf mein Buch konzentrieren. Können wir nicht morgen gehen?»

Izzy verdrehte die Augen und schnaubte. «Okay, aber ich gehe auf jeden Fall in die Stadt, ich will hier nicht im Hotel versauern. Am Nachmittag bin ich wieder zurück.» Sie stand auf, nahm ihre Geldbörse und schmiss sie in eine grosse Stofftasche. «Also, bis später dann, Aris.»

«Pass auf dich auf, liebe dich!»

Grinsend antwortete sie: «Dich doch auch, Idiot.» Und schon war sie verschwunden.

Seufzend öffnete ich erneut mein Notizbuch und wollte versuchen, an meinem Buch zu schreiben. Eigentlich schrieb ich immer auf meinem Computer, aber irgendwie hätte es sich komisch angefühlt, einen Laptop mit nach Crema zu bringen und dort zu schreiben. Ausserdem war ich extrem tollpatschig und hätte es bestimmt geschafft, ihn zu verlieren. Langsam setzte ich den Stift an.

Once upon a time, there was a boy. He lived in Crema, a beautiful little town in Italy.

Ich wollte weiterschreiben, konnte aber das Gespräch mit Izzy nicht aus meinem Kopf kriegen. Ein ungutes Gefühl beschlich mich, und ich schaffte es nicht, auch nur ein weiteres Wort zu schreiben. Resigniert liess ich den Stift fallen und klappte das Notizbuch energisch zu.

Kapitel 6

Am nächsten Morgen fühlte ich mich beim Aufwachen schon etwas besser, mein Rücken hatte sich wohl an den harten Untergrund gewöhnt. Überraschenderweise war Izzy schon wach, als ich aufstand, sie war gerade dabei, mit unglaublicher Präzision ihren Eyeliner aufzutragen.

Der Rest des gestrigen Tages war unspektakulär gewesen. Izzy war am späten Nachmittag zurückgekehrt, wir hatten wieder auf dem Zimmer gegessen, noch ein wenig erzählt, bisschen ferngesehen und waren früh schlafen gegangen.

«Guten Morgen», sagte sie jetzt munter, «ich habe gestern einen netten Typen in der Stadt getroffen, und er hat mir ein kleines Café empfohlen. Wollen wir vielleicht dort frühstücken?» Ich zuckte nur mit den Schultern. Solange nicht zu viele Leute dort waren, war mir alles egal.

Schnell zogen wir uns an, verliessen das Hotel und machten uns auf den Weg zu dem Café.

«Hier abbiegen!», kommandierte Izzy selbstsicher, ich war jedoch argwöhnisch. «Bist du dir sicher?», fragte ich, denn wir irrten schon seit gut zwanzig Minuten in Crema herum und hatten uns schon dreimal verlaufen, weil Izzy sich den Weg nicht merken konnte. «Jaha …», meinte sie genervt und ging voraus. Ich lachte und folgte ihr.

Heute war ein richtig schöner Tag, die Sonne prallte auf uns herab, und keine einzige Regenwolke liess sich blicken. Obwohl sich das hier schnell ändern konnte. Wir liefen eine kleine Strasse entlang, wo sich kleine Geschäfte aneinanderreihten wie die Perlen einer Kette. Endlich entdeckten wir das Café mit dem Namen «Le Fucine».

Als wir es betraten, fiel mir als Erstes auf, dass es schon jetzt ganz gut gefüllt war, es schien ein angesagtes Café zu sein.

Es sah ziemlich modern aus, kleine schwarze Tische standen überall im Raum verteilt, und vor einem Tresen befanden sich mehrere Barhocker. Hinter dem Tresen stand ein gut aussehender junger Mann, er trug ein lockeres weisses Hemd und enge Jeans. Als er uns sah, kam er sogleich hervor und grinste uns beziehungsweise vor allem Izzy an. *«Welcome to Le Fucine! My name is Rafael. How can I help you?»* Izzy lächelte verlegen und sagte nichts, Rafael schien ihr ganz offensichtlich zu gefallen. Als sie nicht antwortete, gab ich ihr einen Stoss mit dem Ellenbogen, aber ohne Erfolg. *«We would like to order some breakfast, please»,* antwortete ich für sie. *«As you wish. Follow me!»,* rief er und stolzierte zu einem freien Tisch. Ich musste mir ein Grinsen verkneifen, Izzy sah immer noch aus wie in Trance. Wir nahmen an unserem Tisch Platz und bestellten Kaffee. Endlich verliess Rafael unseren Tisch, was Izzy Gelegenheit gab, wieder zu atmen.

«Izzy? Izzy! Erde an Izzy, Erde an Izzy: Was war das denn eben?», fragte ich und lachte.

Izzy sah mich verwirrt an. «Was meinst du?»

Jetzt musste ich noch mehr lachen. «Du weisst, was ich meine! Dieser Typ? Ernsthaft? Der flirtet bestimmt jedes Mädchen so an wie dich eben.»

Sie sagte irgendetwas Unverständliches und wechselte schnell das Thema. «Was wollen wir eigentlich morgen machen? Wir sind schon zwei Tage in Crema und haben noch nichts Cooles erlebt.»

Ich schnaubte und zuckte mit den Schultern. «Keine Ahnung. Wir könnten ja an den Strand gehen.»

Izzys Augen leuchteten auf. «Ja! Das machen wir!»

Schon kam ein Kellner mit unseren Kaffees. «Grazie», sagte Izzy zu dem Kellner und führte ihre Tasse zum Mund.

«Huh!», sagte sie nach einem Schluck, «der Kaffee ist echt stark!»

Aber ich hörte ihr gar nicht richtig zu, denn ich hatte etwas viel Wichtigeres entdeckt. «Nein!», flüsterte ich und beugte mich zu Izzy, «schau, dort hinten, das ist Gabriel! Der Typ, in den ich gestern reingerannt bin.»

Sie runzelte die Stirn und folgte meinem Finger zu einem Tisch am anderen Ende des Cafés. Dort sass Gabriel. Neben ihm sass zum Glück nur eine ältere Frau, wahrscheinlich seine Mutter. Er sah wieder umwerfend aus, die schwarze Jeans und das enge dunkelblaue T-Shirt betonten seinen Körper. Er hatte auch wieder seine Kreuzkette an, sie erinnerte mich an meine eigene, die ich immer trug. Mein Kreuzanhänger war aber ganz anders, die silbernen Kettenglieder waren grob gearbeitet, und das Kreuz war nicht wie bei Gabriels mit weissen Steinen besetzt, sondern glatt geschliffen. Es war aus massivem Silber gearbeitet und sehr schwer. Wenn ich die Kette einmal versehentlich nicht trug, fühlte ich mich fast nackt und schutzlos.

Ich nahm meinen Kreuzanhänger in die Hand und sah nachdenklich zu Gabriel hinüber. «Was soll ich jetzt machen?», flüsterte ich und sah Izzy an.

Sie antwortete: «Ist doch klar. Geh zu ihm und entschuldige dich!»

Ich sah sie hilflos an. «Aber das kann ich nicht! Und ausserdem ist er nicht allein.» Leider verliess genau in diesem Moment die Frau den Tisch, sodass mein Argument nutzlos wurde. Die Frau warf ihre langen braunen Haaren zurück und verabschiedete sich von Gabriel. Er blieb sitzen und sah nicht so aus, als würde er bald gehen wollen.

«Das ist deine Chance! Komm schon», ermutigte mich Izzy.

«Du weisst, über was wir geredet haben! Bitte, versuche es doch einmal, du musst diesen ersten Schritt machen.» Sie sah mich bittend an, und ich seufzte. Denn ich hatte eigentlich nicht wirklich vor, diesen Schritt jetzt zu machen. Das hatte ich einmal getan, und die Folgen waren verheerend gewesen. Zweifelnd sah ich von ihr zu Gabriel und wieder zurück. «Okay», antwortete ich schliesslich und stand auf. Es war das erste Mal, dass ich mich wieder getraute, auf jemanden zuzugehen, ein echtes Gespräch zu führen. Izzy sah überrascht auf, wahrscheinlich hatte sie nicht damit gerechnet, dass ich mich tatsächlich trauen würde.

Vorsichtig lief ich durch das Café und versuchte, die neugierigen Blicke von mir abprallen zu lassen. Mir wurde etwas schwindlig, und ich musste aufpassen, dass ich nicht umkippte. Endlich erreichte ich Gabriels Tisch.

Doch Gabriel bemerkte mich zuerst gar nicht, er war komplett auf sein Handy fixiert, sodass ich Zeit hatte, ihn zu mustern. Er sah fantastisch aus, seine braunen Locken wehten einen feinen Geruch zu mir. Ich schüttelte den Kopf, um wieder klar denken zu können. Dann räusperte ich mich leise und tippte Gabriel auf die Schulter.

Er erschrak leicht und sah auf, ein verwirrtes Lächeln breitete sich auf seinem Gesicht aus. *«Oh hey, nice to meet you again, I guess»,* sagte er lächelnd. *«Take a seat!»*

Ich nahm auf dem anderen freien Stuhl Platz und versuchte, die richtigen Worte zu finden. *«I'm very sorry about what happened yesterday»,* entschuldigte ich mich, *«sometimes I just can't … really talk to people.»*

Gabriel sah jetzt noch verwirrter aus, aber in seinem Blick lag nun etwas Fürsorgliches. *«Okay, that's cool, I thought it was about me or something.»*

Ich lächelte. So schlimm war das Entschuldigen gar nicht gewesen.

Gut, ich hatte mich entschuldigt, und eigentlich könnte ich jetzt gehen. Ich drehte mich um und sah zu unserem Tisch, an dem Izzy sass und mir aufmunternd zulächelte.

Ich wandte mich wieder Gabriel zu und wurde plötzlich von einem Selbstbewusstsein gepackt, von dem ich gar nicht wusste, dass ich es überhaupt besass. *«Eh ... what are you planning on doing tonight?»*, fragte ich hoffnungsvoll.

Gabriel lächelte immer noch, jetzt aber zurückhaltender. *«I don't really know, probably meeting my girlfriend.»*

Das sass. Aber was hatte ich denn erwartet? Natürlich war er nicht wie ich, er hatte eine Freundin. *«Oh, okay»*, sagte ich, während eine eiserne Hand meinen Hals packte. Ich stand auf und wusste nicht, was ich jetzt sagen sollte.

«It was nice seeing you around, Aris», sagte Gabriel.

«Yeah, you too», erwiderte ich, drehte mich um und kehrte wieder zu unserem Tisch zurück. Ich fühlte mich gedemütigt, seine Worte waren wie ein Schlag ins Gesicht gewesen.

Dort wartete schon die nächste Überraschung auf mich in Form einer rothaarigen, mindestens 1,85 Meter grossen Naturgewalt, die auf meinem Platz sass und meine beste Freundin zuquasselte. *«You know what I LOVE about it? You can meet so many new people! Isn't that great?»*, textete das fremde Mädchen Izzy zu, ohne mich zu bemerken.

Izzy nickte begeistert und drehte sich zu mir um. *«Hope, this is my best friend Aris, whom I told you about. Aris, this is Hope, she's an exchange student from Texas!»* Um diese Information noch zu untermalen, nickte Hope heftig mit dem Kopf, als wäre sie einer dieser Wackelkopf-Figuren.

«Could you leave my seat, please?», fragte ich, ohne auf Izzys

Worte einzugehen. Hope sah etwas verletzt aus, stand aber sofort auf. Ich setzte mich wieder, während Hope sich zu meinem Entsetzen einfach einen weiteren Stuhl vom Tisch nebenan holte und sich wieder hinsetzte.

«Und?», fragte Izzy mich auf Deutsch. «Was hat Gabriel gesagt?» Sie wackelte anzüglich mit den Augenbrauen, und ich schnaubte.

«Nicht viel, ausser, dass er heute Abend seine Freundin treffen wird.»

Der belustigte Ausdruck verschwand von Izzys Gesicht und verwandelte sich in eine Mischung aus Besorgnis und Mitleid. «Das tut mir leid, Aris. Aber es war mutig von dir, es zu tun … mutiger, als ich es von dir erwartet hätte. Ich bin stolz auf dich.»

Ich erwiderte nichts, verschränkte nur die Arme und lehnte mich zurück. Hope, die kein Wort von dem Gesagten verstanden hatte, schaute verwirrt zwischen mir und Izzy hin und her. *«Is everything okay?»,* fragte sie.

Ich verkniff mir die Bemerkung, dass sie das gar nichts anginge, und verdrehte nur die Augen. *«Yeah, just some problems with his love life, he tried hitting on a guy and got rejected»,* erklärte Izzy und zeigte auf mich. Na toll, wollte Izzy gleich dem ganzen Café erzählen, dass ich auf Jungs stand?

«Oh!», sagte Hope, ihre Augen weit aufgerissen, *«I know that boys can be annoying.»* Als ihr wieder einfiel, dass ich ja auch einer war, fügte sie hinzu: *«Don't take it personally.»* Noch immer wusste ich nicht, was sie eigentlich an diesem Tisch zu suchen hatte.

«And you guys know each other from …?», fragte ich deshalb. Hope holte tief Luft, um wieder einen Schwall Worte auf uns niederprasseln zu lassen, Izzy kam ihr jedoch zuvor.

«Hope heard that we were speaking English with the waiter, so she asked me if we're also exchange students», sagte sie. Und Hope fügte sofort hinzu: *«And I invited y'all to the party my host sister is throwing tonight!»* Ihr Lächeln flog von Izzy zu mir.

Izzy sah meinen besorgten Blick und meinte: *«But I told her that we won't go.»* Dabei warf sie mir einen Blick zu, der so viel hiess wie, dass ich noch etwas Erklärendes zu der Absage hinzuzufügen sollte. Ich allerdings sah sie nur an. Natürlich wollte ich ihr diesen Partyabend nicht vermiesen, konnte mich aber trotzdem nicht dazu durchringen, mit ihr dorthin zu gehen. «Wieso gehst du nicht einfach alleine?», schlug ich ihr vor und senkte dabei den Kopf, um ihrem Blick auszuweichen.

Sie zuckte mit den Schultern und fragte besorgt: «Wirklich? Macht es dir nichts aus, alleine im Hotel zu bleiben?»

Ich schüttelte nur den Kopf.

Hope klatschte begeistert in die Hände, obwohl sie wahrscheinlich nicht wirklich viel verstanden hatte, aber Izzys Strahlen sagte alles. Schnell zückte Hope ihr Handy und liess sich Izzys Nummer geben. *«I will send you the address, okay?»*, fügte sie hinzu. *«I really gotta go, but it was nice to meet you, Izzy and Aris!»* Und damit stand sie auf und verliess das Café, nicht ohne uns noch ein letztes Mal lächelnd zuzuwinken.

Aufseufzend legte Izzy den Kopf auf den Tisch: «Was hast du mir da nur eingebrockt?»

Ich grinste und sagte ironisch: «Na, komm schon, Izzy, es ist nur eine Party. Das schaffst du locker!» Izzy seufzte, ihre Augen sahen mich mit einer Mischung aus Genervtheit und Mitleid an.

Ich runzelte die Stirn, denn ich kam grundsätzlich nie zu einer von ihr so geliebten Partys mit, und es schien sie noch nie gestört zu haben. «Ich kann wirklich nicht mitkommen», sagte ich verzweifelt. Ich hatte all meine soziale Energie bei Gabriel aufgebraucht und konnte Izzy nun wirklich nichts mehr anbieten.

«Aris, du hast mir ganz fest versprochen, in Crema diesen Schritt zu tun. Du kannst keine Fortschritte machen, wenn du dich jeden Abend im Hotelzimmer verkriechst», sagte sie und klang immer verzweifelter.

Wieder wich ich ihrem Blick aus, nervös hatte ich angefangen, auf meiner Unterlippe herumzubeissen, stoppte jedoch, als ich einen metallischen Geschmack verspürte.

«Bitte!», sagte sie flehend.

Ich lehnte mich zurück und presste meine Augen zusammen. Mit einem unangenehmen Gefühl in der Magengrube nickte ich schliesslich.

Sie quietschte auf und umarmte mich. Fast zu Tränen gerührt sagte sie: «Ich bin so stolz auf dich, okay? Du kannst das!» Und in diesem Moment wollte ich das auch glauben, mehr als alles andere auf der Welt.

Kapitel 7

«Sieht das gut aus?», fragte mich Izzy, während sie sich in ihrem schwarzen Minikleid vor dem Badezimmerspiegel drehte.

«Ein kürzeres hast du nicht gefunden?», fragte ich scherzhaft. Izzy verdrehte bloss die Augen. «Du klingst wie meine Mum, ernsthaft.» Sie zog einen Eyeliner aus ihrer Make-up-Tasche und trug ihn vorsichtig auf. «Wieso machst du dich eigentlich nicht fertig?», fragte sie mich.

Ich sah an mir herunter. Das schwarze Nike-Shirt war zwar etwas ausgewaschen, aber mit meiner Kreuzkette und den blauen Jeans sah es einigermassen okay aus. «Ich bleib so», verkündete ich.

Sie verdrehte erneut die Augen und ergoss eine Schimpftirade über mich: «Ihr Jungs habt es so einfach, ihr zieht einfach ein verschwitztes Shirt an, und schon seid ihr fertig. Aber wir Mädchen ...»

Ich steckte mir meine AirPods in die Ohren, um den Rest der Rede nicht hören zu müssen. Izzy war bei bestimmten Themen einfach viel zu verbissen, dachte ich wieder einmal.

Nach etwa zehn weiteren Minuten drängte Izzy zum Aufbruch. Sie erklärte mir, dass eine halbe Stunde nach Beginn der Party zu kommen der perfekte Zeitpunkt sei, um cool zu erscheinen. Mir war das schlichtweg egal, ich machte mir mehr Sorgen um die vielen Leute. Obwohl ich mir selbst versprochen hatte, es dieses Mal zu versuchen, packte mich das Unbehagen nur schon beim Gedanken an diese Party.

Wir nahmen den Lift, um ins Erdgeschoss zu gelangen, welches erstaunlicherweise ziemlich voll war. Ich hätte gedacht, dass die Leute wirklich Besseres zu tun hätten, als hier den ganzen Abend herumzusitzen. Okay, ich durfte zu diesem

Thema wirklich nichts sagen, schliesslich hatte ich den Grossteil der letzten zwei Jahre in meinem Zimmer verbracht.

Wir verliessen das Hotel, und die frische Luft begrüsste uns. Es war schon dunkel, und weil Crema keine grosse Stadt war, sah man auch nicht viele Lichter. Schnell liefen wir zur Bushaltestelle, bedacht darauf, keinen unheimlichen Gestalten zu nahe zu kommen. Die Party war in der Nähe von Mailand, und zu Fuss hätten wir zu lange gebraucht. Ich saugte die frische Luft tief in meine Lungen und stiess Izzy an. «Irgendwie freue ich mich nicht auf heute Abend.»

Sie grinste, verdrehte die Augen und lief schneller. «Komm schon, du Schnecke!», rief sie, meine Worte ignorierend, «wenn du noch langsamer gehst, verpassen wir den Bus!»

Wir verpassten ihn leider nicht. Als wir an unserer Haltestelle angekommen waren, liefen wir die paar Minuten zu der von Hope angegebenen Adresse.

Ich war sprachlos beim Anblick des Hauses. Es sah ziemlich heruntergekommen aus, die ursprünglich wohl mal weisse Fassade schien jetzt bräunlich, und das Dach sah aus, als würde es jede Sekunde einstürzen. Aber es war riesig! Und überall standen Leute, drinnen und auf dem grossen Balkon. Irgendwelche Popsongs, die ich nicht kannte, wurden gespielt, und jeder hatte einen Becher Bier in der Hand. Mann, so viele Menschen … Ich musste schlucken, Schweiss trat mir auf die Stirn. «Ich weiss nicht, ich …» Doch bevor ich den Satz beenden konnte, zog mich Izzy schon in das Gebäude hinein.

Drinnen sah das Haus ähnlich aus wie von aussen. Das einzig Moderne war eine provisorische Bar, hinter der ein paar auffallend gestylte Jungs und Mädchen Drinks mixten. Die Luft war extrem stickig, und ich hatte Probleme zu atmen. Langsam zog ich die Luft durch die Nase ein und atmete durch den

Mund wieder aus, wie Sally es mir beigebracht hatte. Ohne mir Zeit zu geben, mich zu sammeln, zog mich Izzy jedoch tiefer in die Menschenmenge hinein. Von hier aus gesehen waren es gar nicht so viele Leute, aber definitiv genug, um mich nervös zu machen.

Plötzlich hörte ich ein lautes Kreischen hinter mir. Hope legte ihren linken Arm um mich und den rechten um Izzy. *«What's up?»*, johlte sie, und der Geruch von Bier drang mir in die Nase. Izzy kicherte. *«How much did you drink Hope?»* Hope schüttelte den Kopf: *«Not that much.»* Dann löste sie ihre Arme und tippte mir auf die Brust. *«But you»*, sagte sie, *«it looks like you could use a drink.»* Ich schüttelte den Kopf, Hope aber drückte mir einen dieser roten Bierbecher in die Hand. Ich musterte den Becher wie einen Fremdkörper.

Viele Leute, die ich kannte, entwickelten auf einmal ein gigantisches Selbstbewusstsein, wenn sie Alkohol tranken, was definitiv hilfreich für mich wäre, obwohl es natürlich auf Dauer nicht wirklich half. Eigentlich machte ich mir nichts aus Alkohol. Doch davon wollte ich jetzt nichts wissen, hier, wo mich niemand kannte, weit weg von zu Hause. Bevor ich meinen Gedankengang ganz zu Ende führen konnte, packte mich Hope wieder am Arm. Amerikaner waren augenscheinlich sehr offene Menschen. *«Here's someone who'd like to meet you»*, sagte sie und zog eine Augenbraue hoch. An ihrer anderen Hand hing ein Typ, der mindestens genauso sehr von ihr eingeschüchtert war wie ich. *«He also likes boys»*, wisperte mir Hope ins Ohr und kicherte wie verrückt. Ich runzelte die Stirn. Leider verdrückte sich Hope schnell mit Izzy und liess uns allein, was extrem unangenehm war.

«Ähm … hey», sagte der Typ, «ich heisse Alex.» Er lächelte verlegen. Endlich hatte ich Gelegenheit, ihn genau zu mustern.

Seine braunen Haare waren sehr kurz, aber immer noch lockig, und er hatte schöne blaue Augen. An seinem linken Ohr hing ein Ohrring, an dem er ständig nervös herumspielte.

«Ich bin Aris», stellte ich mich vor, «woher kommst du?» Ich war froh, dass er auch Deutsch sprach.

«Ich komme aus Deutschland, aus Berlin. Ich bin ein Austauschschüler, wie Hope. Was ist mit dir?»

Ich lächelte. So schlimm war diese Party gar nicht, und obwohl ich es Hope übelnahm, dass sie mich einfach mit einem Fremden allein gelassen hatte, genoss ich die Situation irgendwie. «Ich komme aus der Schweiz, ich und meine Freundin Izzy verbringen hier unsere Schulferien.»

Alex' Gesicht sackte zusammen. «Also ist Izzy deine Freundin?»

Energisch schüttelte ich den Kopf. «Himmel, nein! Sie ist meine beste Freundin.»

Alex lachte: «Gut zu wissen.»

Ich nickte, wusste aber nicht, was ich jetzt noch sagen könnte. Suchend sah ich mich um, konnte Izzy und Hope jedoch nirgends entdecken, was mich nervös machte.

Alex schien dies zu bemerken und tippte mir auf die Schulter. «Alles okay mit dir?»

Ich sah in sein Gesicht und konnte darin praktisch lesen, wie er bei sich dachte: *Was ist falsch mit dem Typen? Kann er nicht zwei Minuten ohne seinen Babysitter verbringen?* Wahrscheinlich konnte Alex es gar nicht erwarten, mich endlich loszuwerden. «Ja, alles okay», sagte ich mit stockender Stimme.

Alex runzelte die Stirn. «Okay …», meinte er, immer noch mit diesem komischen Gesichtsausdruck. Ich nahm drei grosse Schlucke von dem Bier in meiner Hand und versuchte,

Alex dabei nicht anzusehen. Ich musste etwas tun, um die Stimmung aufzulockern. «Willst du auch ein Bier?», fragte ich. Er nickte, und ich verdrückte mich schnell zur Bar, froh, der Situation damit erst mal zu entkommen.

Nach ein paar Minuten stand ich wieder neben Alex und drückte ihm ein Bier in die Hand. Auch mein Becher war wieder voll, und langsam begann ich aufzutauen, auch wenn ich dabei das an mir nagende Schuldgefühl nicht loswurde. «Was machst du eigentlich morgen Abend so?», fragte ich ihn.

Alex lachte verwirrt. «Ich weiss nicht», meinte er, «vielleicht gehe ich mit einem süssen Typen aus.»

Ich lächelte. «Wirklich?» Plötzlich schwankte ich etwas und musste mich an ihm abstützen, ich war es nicht gewohnt, Alkohol zu trinken.

«Wow!», rief er, lachte und stellte mich wieder auf meine Beine. Wahrscheinlich machte er sich über meinen Gefühlsumschwung Sorgen und wusste nicht, wie er den plötzlich so fröhlichen Aris behandeln sollte.

Mir wurde immer mehr schlecht. Ich schwankte wieder und leerte dabei meinen Drink versehentlich über Alex' grünen Pullover. «Oh, sorry!», rief ich. «Es tut mir so leid!»

Alex strich sich über den Pullover und begutachtete den Fleck. «Schon gut», sagte er, «nichts Schlimmes. Das kann man waschen.» Ich schluckte und wich zurück. «Ich muss kurz», nuschelte ich und drehte mich um, meine Augen suchten Izzy. Das Bild vor meinen Augen verschwamm immer mehr, der Alkohol tat sein Werk. Die Stimmen wurden verzerrt, und wie aus weiter Ferne hörte ich Alex' Stimme: «Aris? Hey, ist alles gut?» Nein. Nichts war gut. Und so tat ich, was ich immer tue, wenn ich jemanden so richtig Tolles kennenlerne: Ich mache alles kaputt und renne davon.

Wie blind lief ich durch all diese Leute, die mich abschätzig ansahen und tuschelten. Izzy konnte ich nirgends entdecken, deshalb suchte ich nach der zweitbesten Methode, die Panikattacke unter Kontrolle zu bringen: eine Fluchtmöglichkeit finden. Ich stiess mit irgendeinem Mädchen zusammen und fragte: «Wo ist der Ausgang?» Sie zeigte in eine Richtung, und ich lief auf die Tür zu. Ich sah hinaus, die Tür führte zu einer Art Hinterhof, der vom Licht, das durch die Tür nach draussen fiel, gut ausgeleuchtet war. Prima, dort konnte ich auf Izzy warten und frische Luft schnappen.

Ich ging hinaus und setzte mich neben den Türrahmen. Tränen rannen mir übers Gesicht, und ich bedeckte es mit beiden Händen. Mein Atem ging hastig, und ich versuchte, mich mit meinen Atemübungen zu beruhigen, was aber misslang. Ich war ein Idiot. Immer machte ich alles kaputt. Ich war einfach unfähig, eine ganz normale Beziehung zu führen! Bevor ich denjenigen überhaupt richtig kennenlernen konnte, verstörte ich immer alle mit meinen Aktionen. Ich atmete tief durch und lehnte den Kopf an die Wand, die Augen geschlossen.

Kapitel 8

«What are you doing here?», erklang plötzlich eine belustigte Stimme.

Ich wollte den Kopf nicht heben, ich würde doch nicht irgendeinem Fremden mein tränenüberströmtes Gesicht zeigen. Aber gleichzeitig war ich auch neugierig, wer sich wie ich hierher geflüchtet hatte. Deshalb sah ich auf und blickte einem fremden Jungen ins Gesicht.

Er stand lässig an der Hausmauer, das eine Bein an der Hauswand angewinkelt, und rauchte eine Zigarette. Das Erste, was mir an ihm auffiel, war seine umwerfende Schönheit. Er sah aus wie ein Model, als wäre er einem Magazin entstiegen. Wuschelige schwarze Haare, die ihm in Strähnen ins Gesicht fielen, grosse braune Augen, und er war locker über 1,80 Meter gross. Er sah älter aus als ich.

Als er meinen geschockten Blick sah, fiel ihm das selbstgefällige Grinsen aus dem Gesicht. *«Hey dude, is everything okay?»*

Ich antwortete nicht. Er kam langsam näher und setzte sich neben mich auf den Boden.

«Want to take a drag?», fragte er schliesslich und hielt mir seine Zigarette hin. Izzy und Sally würden mich jetzt beide umbringen und hinter Sallys Praxis verbuddeln, sie fanden Zigaretten nicht cool, sondern eklig. Aber in diesem Moment wollte ich nicht über die beiden nachdenken. Deswegen nahm ich die Zigarette in die Hand und betrachtete sie wie einen Fremdkörper, was sie für mich auch war. Allerdings … ich kannte diesen fremden Jungen ja gar nicht, er könnte was auch immer da reingepackt haben. Als hätte ich mich verbrannt, liess ich die Zigarette auf den Boden fallen.

Mit gerunzelter Stirn sah der Junge mich an, lachte jedoch

auf einmal und drückte die Zigarette mit der Schuhspitze aus.
Der Alkohol machte meine Glieder schwer und mein Gehirn
langsam, eine tiefe Resignation, weil ich schon wieder vor
einer beängstigenden Situation weggerannt war, setzte ein.
Ohne wirklich darüber nachzudenken, fing ich an, Deutsch
zu reden. «Wieso siehst du so gut aus?», fragte ich, was eine
total bescheuerte Frage war, wenn man bedachte, dass wir
uns seit etwa fünf Minuten kannten. Aber egal, er hatte ja
sowieso kein einziges Wort davon verstanden.
Zu meiner Überraschung brach er in Lachen aus und lehnte
ebenfalls den Kopf zurück. «Weiss nicht, gute Gene wahrscheinlich», antwortete er in perfektem Deutsch, und das
Grinsen stahl sich zurück auf sein Gesicht. Oh, Himmel! Ich
schloss die Augen und betete, dass dies nur ein böser Traum
war und ich gleich in unserem Hotelzimmer aufwachte. Doch
dem war leider nicht so. Also gut, ich würde einfach so sitzen
bleiben und warten, bis er endlich ging und ich in meinem
Selbstmitleid ertrinken konnte …
Aber es sah so aus, als würde auch dies nicht eintreten, jedenfalls nicht allzu bald. Der schöne Fremde blieb neben mir
sitzen und nahm mehrere Züge von seiner neu angezündeten
Zigarette. Der unangenehme Geruch stieg mir in die Nase,
und als er mir den Zigarettenstummel ein zweites Mal hin-
hielt, lehnte ich wieder ab, diesmal genervt. «Wieso sprichst
du Deutsch?», fragte ich ihn. Wenn er schon blieb, wollte ich
wenigstens etwas mehr über ihn erfahren.
«Meine Mutter kommt aus Deutschland. Und ich will Journa-
list werden, also will ich so viele Sprachen lernen wie möglich.» Ich nickte. «Was ist mit dir?», fragte er schliesslich.
«Ich komme aus der Schweiz», antwortete ich und fügte noch
hinzu: «Mein Name ist Aris.»

Der Junge lächelte. «Aris», wiederholte er und liess meinen Namen wie ein exotisches Gewürz klingen. «Schön, dich kennenzulernen, Aris, ich bin Domenico.» Er grinste und reichte mir die Hand zum Gruss – die linke, um zu zeigen, dass es scherzhaft gemeint war. Ich war etwas verwirrt und ergriff sie einfach. Dabei berührte ich Leder und sah mir sein Handgelenk genauer an. Er hatte einige Lederarmbänder und auch welche aus Stoff um sein Handgelenk geknotet, was, um ehrlich zu sein, etwas komisch aussah und gar nicht zu seiner sonstigen Erscheinung passte. Als er meinen Blick bemerkte, zog er die Hand schnell weg, sein Lächeln verschwand so rasch, wie es aufgetaucht war.

Ich wich zurück. Was hatte ich falsch gemacht? Aber im Grunde wollte ich es gar nicht wissen. Ich würde diesen schönen Jungen namens Domenico, der Deutsch sprach und Armbänder trug, sowieso nie wiedersehen.

«Wieso versteckst du dich hier draussen?», fragte Domenico, und ich warf ihm einen misstrauischen Blick zu.

«Wer sagt, dass ich mich verstecke?», erwiderte ich.

Domenico lachte spöttisch und stand auf. «Tun wir das nicht alle?»

Ich liess mir diesen Satz durch den Kopf gehen. *Tun wir das nicht alle?* Vielleicht hatte er recht. «Du scheinst mir kein Mensch zu sein, der sich versteckt», sagte ich schliesslich zu Domenico und stand ebenfalls auf.

«Wirklich?», meinte er und legte den Kopf schief. «Du kennst mich doch überhaupt nicht.»

Auch über diesen Satz dachte ich eine Weile nach. Es klang wie ein Vorwurf, was ich mir nicht gefallen lassen wollte. Wieso sollte ich ihn auch kennen? Wir sahen uns ja eben das erste Mal! Aber bevor ich mir eine gute Antwort überlegen konnte, hörte ich jemanden meinen Namen rufen: Izzy, natürlich mit Hope im Schlepptau. Normalerweise genoss ich ihre Anwesenheit, aber im Moment nervte es. Was war sie, mein Babysitter?

Sie und Hope, beide vom Tanzen total verschwitzt, kamen zu mir, und Izzy umarmte mich. Schnell stiess ich sie von mir und linste zu Domenico hinüber. Ich wollte nicht, dass er dachte, wir wären ein Paar, warum auch immer. «Wieso folgst du mir immer überallhin?», fuhr ich sie wütend an.

Izzy war wie vor den Kopf gestossen und runzelte die Stirn. «Wie meinst du das? Alex konnte dich nicht finden und kam zu uns. Ich habe mir nur Sorgen gemacht.»

Ich verdrehte die Augen. «Ich brauche keinen Babysitter, Izzy, du kannst deinen Spass haben, ohne dir Sorgen um mich machen zu müssen», sagte ich mit mehr Schärfe in der Stimme als beabsichtigt.

Domenico lachte auf und zeigte auf mich. «So was hätte ich dir gar nicht zugetraut, Aris.»

Izzy drehte sich auf dem Absatz um, zeigte nun ihrerseits auf Domenico und fuhr ihn, nun auch schon etwas gereizt, an: «Und wer zum Henker bist du?» Ihr Gesicht war ein einziges grosses Fragezeichen.

Domenico hielt beschwichtigend die Hände hoch. «Ich will hier nicht irgendwie stören, ihr solltet eure Beziehungsprobleme nur besser an einem etwas diskreteren Ort ausdiskutieren.»

Ich schnaubte auf. «Wir sind nicht zusammen!»

«Gott sei Dank», sagte Izzy bissig, und auf Domenicos Gesicht breitete sich ein interessierter Ausdruck aus. Hope, die bis jetzt noch nichts gesagt hatte, stand etwas peinlich berührt im Hintergrund. *«I should go, maybe»*, schlug sie vor, und bevor Izzy sie daran hindern konnte, war sie schon wieder im Inneren des Hauses verschwunden. Somit waren wir nur noch zu dritt.

«Wir sollten gehen», meinte Izzy zu mir und blickte zu Domenico. Dieser grinste verschmitzt und reichte ihr die Hand. «Ich bin auch erfreut, dich kennenzulernen», sagte er sarkastisch.

Izzy seufzte und strich sich über die Stirn. «Izzy», sagte sie und zeigte dann auf mich: «Aris.»

Domenico liess sich von ihrem Verhalten nicht einschüchtern und zeigte stattdessen auf sich. «Domenico», sagte er und strahlte. Ich musste auch grinsen, und Izzy sah mich wieder mit diesem komischen Gesichtsausdruck an. «Ich gehe dann mal», sagte sie und schaute mich fragend an, «kommst du auch?»

Ich nickte eilig, sah dabei aber Domenico an. Eigentlich schade, dass wir uns nie wiedersehen würden, denn ich hatte ihn sofort ins Herz geschlossen. Er war der erste Mensch in meinem Leben, bei dem ich mich auf Anhieb wohlgefühlt hatte. Selbst bei Izzy und mir hatte es ein wenig gedauert, bis wir die Freunde wurden, die wir heute sind.

Domenico kam auf mich zu, und ich wollte ihm meine Hand geben, er jedoch umarmte mich einfach. «Danke», flüsterte er, und ich fragte mich, wofür.

Kapitel 9

Am nächsten Morgen beim Aufwachen galt mein erster Gedanke Domenico. Oder eher seinem Lächeln, welches mich gestern Abend bis in meine Träume verfolgt hatte. Stöhnend drehte ich mich auf die Seite und drückte mein Gesicht in das Kissen. Er erschien mir wie ein ferner Traum, den man vergass, sobald man aufwachte, so surreal. Wie konnte ich mir sicher sein, dass dies gestern wirklich passiert war? Wir alle kennen die Bücher über Leute, die sich die verschiedensten Szenarien ausmalen und darin versinken, nur um am Ende aus ihrer Traumwelt aufzuwachen und zu realisieren, dass nichts davon echt ist.

«Was ist los?», schreckte mich eine Stimme aus meinen Gedanken auf. Izzy sass neben der Couch auf dem Boden, schon angezogen und bereit zu gehen. Heute wollten wir ja an den Strand, und deshalb trug sie einen schwarzen Bikini, dessen Träger unter ihrem hellblauen Kleid hervorlugten. Auch ihr Make-up war schon perfekt aufgetragen. Ich fragte mich, wie lange sie wohl schon da auf dem Boden sass.

Schnell setzte ich mich auf und bemühte mich um einen desinteressierten Gesichtsausdruck. Sie musste nun wirklich nichts von meinem Gedankengang erfahren. Ich wollte nicht, dass sie mich für so verzweifelt hielt, dass ich einem Jungen nachtrauerte, den ich nur einmal kurz gesehen hatte. Aber sie kannte mich zu gut und erriet sofort meine Gedanken. «Domenico?», fragte sie und lächelte. «Ich habe keine Ahnung wie du so einen Schleimer süss finden kannst.»

Grinsend legte ich mich wieder auf den Rücken und log ihr frech ins Gesicht: «Tue ich auch nicht.»

Kopfschüttelnd sprang sie auf und packte die Sonnencreme, die auf meinem Nachttisch stand, in ihre braune Strandtasche.

«Mach dich bereit! Ich will an den Strand gehen, und diesmal kannst du dich nicht herausreden», sagte sie und sah mich durchdringend an.

Schuldbewusst wandte ich den Blick ab, stand eilig auf und fing an, meine Badeshorts zu suchen. Die musste doch hier irgendwo sein! Izzy war immer noch damit beschäftigt, verschiedene Gegenstände in ihre riesige Strandtasche zu stopfen, und fragte ganz beiläufig: «Hast du ihn eigentlich nach seiner Nummer gefragt?» Ich schlug mir an die Stirn, und sie lachte. «Das heisst wahrscheinlich nein.»

Ja, das tat es. Wie blöd war ich eigentlich? Ich war so beschäftigt gewesen, darüber nachzudenken, dass wir uns nie wiedersehen würden, dass ich die Wunder der modernen Technik total vergessen hatte. Izzy kicherte immer noch, und ich sah sie genervt an. Schnell streifte ich die Badeshorts über und schnappte mir die Hotelkarte. «Komm, wir gehen!», rief ich und stapfte in den Hotelflur hinaus. Izzy folgte mir lachend.

Wir nahmen den Bus zum Strand, das Geld für ein Taxi wollten wir lieber sparen. Izzy schlug mir – eher scherzhaft – vor, wieder jemanden zu bitten, uns mitzunehmen. Ich schüttelte meinen Kopf so energisch, dass Izzy in wildes Kichern ausbrach. Unglaublich genervt verdrehte ich die Augen. Was war heute nur mit ihr los?

Im Bus bereute ich meine Entscheidung ein wenig. Die hellblau gestreiften Sitze waren bis zum letzten Platz besetzt, und wir mussten stehen. Die anderen Fahrgäste waren alles Italiener, sie sprachen laut und dabei wild gestikulierend miteinander und lachten. Ganz hinten sass eine ältere Frau mit einem Baby, welches unaufhörlich weinte. Ein Junge rief mir etwas auf Italienisch zu. Ich verstand kein Wort, sodass ich mich noch unwohler fühlte. Schweiss tropfte mir an der Schläfe hinunter, und ein ungutes Gefühl breitete sich in meiner Brust aus.

Nein, bitte nicht – bitte nicht hier im Bus vor allen Leuten, flehte ich innerlich. *Okay, beruhige dich. Ein und aus. Ganz langsam. Ein und aus, ein und aus* ... Meine Hände klammerten sich verzweifelt an der Stange über meinem Kopf fest, an welcher die blaue Farbe schon abblätterte. Seltsam, was das Gehirn alles registrierte, selbst in solchen Situationen. Ich schaute durch die vielen Köpfe hindurch aus dem Fenster, und da sah ich es: das Meer! Die Bushaltestelle war in der Nahe des Strandes, weit konnte unsere Haltestelle also nicht mehr sein, und ich konnte endlich hier raus.

Als der Bus tatsächlich kurz darauf hielt, kämpfte ich mich mühsam durch eine Gruppe von Männern in Anzügen und mit Aktenkoffern, die den Ausgang versperrten. Izzy zog mich schnell aus dem Bus, kurz bevor die Türen sich schon wieder schlossen. Bevor ich mich sammeln konnte, schleifte sie mich weiter. Wir durchquerten einen kleinen Park, der jedoch bis auf ein paar Tauben leer war. Danach schlenderten wir eine Strasse entlang, und plötzlich breitete sich das Meer vor uns aus. Izzy quietschte auf, zog sich ihr Kleid aus und rannte auf das Wasser zu. Vorsichtig trippelte sie um ein paar Leute herum, versuchte auf niemanden zu treten, und warf sich direkt in die Wellen.

Ich folgte ihr nicht, zuerst wollte ich uns einen Platz an dem gut besuchten Strand sichern. Neben einem älteren Pärchen und einer Gruppe etwa dreizehnjähriger Mädchen und Jungen, die die ganze Zeit kicherten und lachten, fand ich noch einen freien Platz und breitete schnell unsere Badetücher aus. Ich legte mich auf mein Tuch und zog aus der Strandtasche mein Notizbuch und meine Sonnenbrille hervor. Wohlig seufzend lehnte ich mich zurück, das Sonnenlicht wärmte meinen Körper. In Momenten wie diesen war es fast, als gäbe es meine Angst gar nicht. All die vielen Leute um mich herum kümmerten mich kein bisschen, denn genau jetzt war ich glücklich. In Momenten wie diesen wusste ich immer ganz sicher, dass das, was ich gerade tat, richtig war.

Zumindest bis zu dem Moment, als Izzy auf mich zukam und freudestrahlend verkündete: «Schau mal, Aris, wen ich entdeckt habe!»

Kapitel 10

Ich blinzelte. Das konnte doch nicht … Meine Sinne mussten mir einen Streich spielen! Ich schaute weg, wieder hin, aber kein Zweifel: Hinter Izzy stand der Mensch, über den ich seit gestern Abend unaufhörlich nachgedacht hatte. Zusammen mit einem Klammeraffen, oder besser Klammeräffin, die an seinem Arm hing.

Domenico schenkte mir sein anziehendes Lächeln, das ich erst seit gestern kannte. Ich musste es einfangen, dieses Lächeln, und für schlechte Tage aufbewahren. Denn ich wusste nicht, wie ich künftig auch nur einen Tag ohne durchstehen sollte, nachdem ich dieses Privileg einmal erlebt hatte. Unbeholfen stand ich auf, Sand rieselte über meine Beine auf das Badetuch. Verlegen strich ich mir durch die Haare und versuchte, auch ein einnehmendes Lächeln aufzusetzen. «Was machst du denn hier?», platzte es aus mir heraus, was natürlich total blöd war. Leider realisierte ich das zu spät und versuchte es mit einem «Schön, dich wiederzusehen» und sarkastischem Unterton wettzumachen.

Domenico runzelte die Stirn, offenbar hatte er meinen Versuch, die peinliche Situation zu überspielen, als Beleidigung aufgefasst. «Ebenfalls», antwortete er knapp, während uns das Mädchen neben ihm aufmerksam musterte. Sie war sehr attraktiv, trug ein weisses Strandkleid und hatte lange braune Haare, die sie lässig zu einem Zopf gebunden hatte. Domenico fing ihren musternden Blick auf, und es schien, als würde er sich erst jetzt daran erinnern, dass sie dabei war. «Oh, das ist Sofia», stellte er sie vor, «meine Freundin.»

Ich schluckte. Ernsthaft? Eine kleine Welt brach für mich zusammen. Irgendwie hatte ich die unwahrscheinliche Vorstellung gehabt, unsere Begegnung gestern hätte etwas bedeutet.

Auch für ihn. Dass Domenico wie ich auf Jungs stand, mich gut fand ... Was wirklich lächerlich war, denn was hatten wir schon gemacht? Er hatte mir eine Zigarette angeboten und ich hatte abgelehnt, das war alles. Kein Grund, eifersüchtig oder reumütig zu sein.

Izzy bemerkte mein unbeholfenes Verhalten nicht, sie strahlte über beide Ohren und schüttelte Sofia die Hand. Sie war immer positiv, ging immer auf Menschen zu, kam immer bei ihnen an. Wir beide mussten ein seltsames Paar abgeben: die Schöne und der Psycho. «Woher kommst du?», fragte Izzy.

Sofia sah sie aber nur irritiert an und warf dann Domenico einen fragenden Blick zu. *«She doesn't speak German»,* erklärte Domenico. Sofias Gesicht hellte sich auf, nun, da sie sich nicht mehr ausgeschlossen fühlte. *«Yes!»,* meinte sie eifrig und nickte, *«I don't speak German.»*

Ich verdrehte genervt die Augen. Offenbar hatte Sofia das bemerkt, denn ihr Gesicht nahm einen verletzten Ausdruck an. Sofort fühlte ich mich schlecht. Es war schliesslich nicht ihre Schuld, dass ich mir auf absolut nichts absolut alles eingebildet hatte. Deshalb setzte auch ich nun ein Lächeln auf und fragte: *«Why don't you guys come over here so we can talk?»*

Die beiden nickten und holten rasch ihre Strandsachen.

Sofia legte ihr knallrotes Badetuch neben Izzys und setzte sich. Domenico liess sich einfach neben mir in den Sand fallen. Er grinste und klopfte mir freundschaftlich auf die Schulter. Schnell rückte ich etwas zur Seite. Wie vor den Kopf gestossen sah er mich an, und ich blickte betreten auf den Sand zu meinen Füssen.

Izzy und Sofia verstanden sich auf Anhieb und redeten auf Englisch über unsere Schule in der Schweiz. Sofia war begeistert von den Bildern des Gymnasiums, welche Izzy ihr auf dem Handy zeigte. Die beiden machten den Eindruck, als ob sie sich schon ewig kannten.

Ich dagegen wusste mal wieder nicht, was ich sagen sollte, und war stumm wie ein Fisch. Domenico sah mich auffordernd an und biss sich verlegen auf die Lippe. Ich sah ihn an und musste schlucken, war mir meiner Gefühle nicht sicher. «Also ... für wie lange bleibt ihr in Italien?», durchbrach Domenico die schon peinlich werdende Stille zwischen uns.

«Bis morgen auf jeden Fall noch in Crema, so lange haben wir das Hotel gebucht. Danach entscheiden wir, ob wir langer bleiben wollen. Geplant sind eigentlich im Anschluss noch fünf Tage in Mailand», antwortete ich.

Er nickte langsam wie zur Bestätigung und sagte dann: «Schade, ich hätte dich gerne noch öfter gesehen. Es fühlt sich an, als würden wir uns schon viel länger kennen.»

Ich schnaubte. Wieso spielte er so mit meinen Gefühlen, wenn er doch eine Freundin hatte? Dass ich ihn mochte, dürfte ihm ja wohl kaum entgangen sein. Oder übertrieb ich nur? Meist waren meine Gefühle ein einziges riesiges Durcheinander.

«Alles okay?», fragte er, weil ich darauf nichts erwiderte.

«Ja», antwortete ich einsilbig. Und dann: «Ich werde jetzt am besten einfach weiterschreiben.» Domenico schaute mich verwirrt an, und während ich mein Notizbuch aus der Tasche holte, erklärte ich: «Ich schreibe an einem Buch. Eigentlich sollte es Ende dieses Jahres fertig werden.»

«Ach so.» Wieder dieses Lächeln. «Kann ich es mal lesen, Aris?»

Als er meinen Namen aussprach, spürte ich, wie ich eine Gänsehaut bekam. Ich war nicht sicher, ob ich ihm mein Notizbuch zeigen sollte. Aber schliesslich hatte ich bisher erst zwei Sätze geschrieben, deshalb überliess ich es ihm.

Domenico las, dann nahm er den Stift, den ich neben mir auf das Badetuch gelegt hatte, und fing an zu schreiben. Ich versuchte, über seine Schulter zu schielen, aber lachend wehrte er mich ab und drückte mich zur Seite.

Während er schrieb, beobachtete ich seine Haare, die ihm in Strähnen ins Gesicht fielen, und musste lächeln. Doch ich rief mich selbst zur Ordnung: Sofia, seine Freundin, sass nur etwa einen Meter von mir entfernt.

Plötzlich fiel mir auf, dass ich mir über die vielen Leute hier gar keine Gedanken mehr gemacht hatte, seit Domenico und Sofia aufgetaucht waren. Es schien, als hätte Domenico irgendeine Macht, eine Art Magie, die mich vor all den neugierigen Blicken und ihrem versteckten Tuscheln abschirmte. Er war mein menschlicher Schutzschild. Aber wieder rief ich mich schnell zur Ordnung: Wir kannten uns seit gestern Abend, und er hatte eine Freundin! Was wollte ich denn? Rasch löste ich meinen Blick von ihm.

Da spürte ich eine Berührung an meinem Arm. Domenico hatte aufgehört zu schreiben, lächelte mich an und reichte mir das Notizbuch. Aufmerksam beobachtete er mich, als ich auf die beschriebene Stelle starrte.

Once upon a time, there was a boy. He lived in Crema, a beautiful little town in Italy.

Something you don't know about him is that he had a secret. The boy hid this secret deep in his little town, trying not to let anyone else find out about it. But there was someone else. And for this person, the boy was sure, revealing his secret was worth it. Even if it broke him.

Ich war überrascht. Was sollte das heissen? Doch bevor ich ihn darauf ansprechen konnte, beugte er sich nach vorne und tippte Izzy auf die Schulter. «Was habt ihr beide eigentlich morgen vor?»

Izzy zuckte mit den Schultern. «Wir haben noch nichts geplant, wieso?»

Domenico grinste und flüsterte Sofia etwas auf Italienisch ins Ohr. Diese nickte begeistert und lächelte zustimmend.

«In der Nähe von hier gibt es die beste Gelateria in der ganzen Lombardei. Wir könnten dorthin gehen, und auch gleich noch im See baden. Es gibt dort nämlich einen fantastischen See, gar nicht überlaufen.»

Izzy klatschte aufgeregt in die Hände. «Das wäre so cool! Oder, Aris?», sagte sie.

Drei Augenpaare sahen mich fragend an, und ich zuckte mit den Schultern.

«Von mir aus …», sagte ich, ich wollte den anderen den Spass nicht verderben.

Izzy kreischte und umarmte Sofia, und ich sah die beiden verwirrt an. Jetzt waren sie plötzlich auch noch beste Freundinnen? Egal, im Grunde ging mich das nichts an. Ich sollte mich besser um mich kümmern, denn nun musste ich mich weiter mit Domenico beschäftigen. Musste – oder durfte – oder wollte, ich hätte es nicht sagen können. Klar war nur, dass er meine Gefühle unglaublich durcheinanderbrachte.

Aber zu meiner Erleichterung erhob sich Domenico und meinte: *«We should probably get going.»* Sofia nickte und umarmte uns beide zum Abschied. Schnell tauschten wir noch alle unsere Nummern aus.

Als ich meine Nummer in Domenicos Handy eingab, flüsterte ich ihm zu: «Was sollte das eben? Das mit der Geschichte?»

Er antwortete nicht, sondern drehte sich zu Izzy und sagte: «Ich schreibe euch noch, wann und wo genau wir uns treffen.» Und damit packten sie ihre Sachen und gingen in die andere Richtung davon, während Domenico Sofias Hand nahm.

Izzy lachte. «Die beiden sind unglaublich!», sagte sie.

Ich nickte. «Ja, wirklich unglaublich.»

Kapitel 11

Heute war schon der fünfte Tag, den wir in Crema verbrachten. Ich war mir nicht sicher, ob dieser Ausflug in die «beste Gelateria in der ganzen Lombardei» eine gute Idee war. Aber ich merkte, dass ich begann, mit dem Gedanken zu spielen, noch länger in Crema zu bleiben, statt morgen nach Mailand weiterzufahren. Ich wollte bleiben, um herauszufinden, wieso Domenico sich in meiner Gegenwart immer so seltsam verhielt und gemischte Signale sendete. Meine Angst war, dass ich dies in so kurzer Zeit nicht aufdecken konnte und den Rest meines Lebens in einem *«Was wäre gewesen, wenn ...?»* verbringen müsste.

Die Sonne blendete mich, und ich rückte meine Sonnenbrille zurecht. Izzy und ich waren auf dem Weg zur Haltestelle, wir mussten rennen, da wir heute Morgen verschlafen hatten. Der Bus fuhr in fünf Minuten, und letztes Mal hatten wir fast eine Viertelstunde bis zur Bushaltestelle benötigt. Zum Glück erreichten wir sie gerade noch rechtzeitig. Der Bus stand schon dort.

Sofia und Domenico warteten bereits an der Haltestelle, Sofia in einem langen roten Sommerkleid und Domenico in Badeshorts und einem weissen Shirt. Sie sahen uns heranrennen und lachten. «Habt ihr verschlafen?», begrüsste uns Domenico belustigt. «Wir warten schon eine Ewigkeit hier!»

Ich verdrehte die Augen, während Izzy lachte und Sofia umarmte. Warum nur musste ich immer so abweisend auf Domenico reagieren? Vielleicht, weil er meine Gedanken so sehr beherrschte? Wie auch immer, ich sollte wirklich damit aufhören.

Die beiden machten Anstalten, in den Bus zu steigen, doch Izzy stoppte sie. «Wir haben doch noch gar keine Tickets», sagte sie. Domenico zuckte mit den Schultern: «Sie kontrollieren nie die Tickets. Kommt schon!» Er zog Izzy und mich in den Bus, während Sofia kichernd hinter uns herlief.

Glücklicherweise war im Bus noch ein Viererplatz frei, so musste niemand stehen. Ich setzte mich auf den Sitz am Fenster, und zu meiner Überraschung setzte sich Domenico neben mich. Sofia betrachtete ihn mit einem seltsamen Blick, dann setzte sie sich einfach auf den Platz gegenüber.

Der Bus war wieder rappelvoll, das schien hier in Italien wohl die Norm zu sein. Die Leute redeten durcheinander und lachten, mir jedoch wurde wieder mulmig zumute, und ich begann wie verrückt zu schwitzen. Izzy bemerkte das sofort und nahm meine Hand.

Verwundert fragte Domenico: «Ist alles okay?»

Ich nickte, und ohne gross darüber nachzudenken, erklärte ich ihm: «Unter so vielen Leuten zu sein ist nicht gerade das Angenehmste für mich.» Als ich realisierte, was ich gerade von mir preisgegeben hatte, wartete ich gespannt auf seine Reaktion. Wenn ich das schon zu anderen Leuten gesagt hatte, hatten sie sich meist sofort verlegen abgewandt. Was ja auch irgendwie verständlich war, denn im Klartext sagte ich ja zu ihnen: «Ich fühle mich nur wohl, wenn ich allein bin.» Manche erwiderten darauf mit einer Floskel wie: «Das tut mir aber leid!» Als hätten sie irgendeinen Einfluss darauf.

Domenico aber nickte einfach. «Ich weiss, wie sich das anfühlt», sagte er.

Kapitel 12

Eine automatische Stimme verkündete unsere Haltestelle, und ich sprang erleichtert auf, denn die letzten zwanzig Minuten waren mir wie eine Ewigkeit vorgekommen, auch wenn ich keine echte Panikattacke bekommen hatte. Keiner von uns vieren wusste so richtig, was er sagen sollte. So folgten mir die anderen hinaus auf die Strasse, welche mit Passanten gefüllt war, die zwischen den Häusern flanierten.

Domenico und Sofia liefen vor uns und lotsten uns durch die engen Gassen. Es war zwar erst zehn Uhr morgens, aber schon sehr heiss, deshalb gingen wir zuerst an den See. Die beiden erzählten uns, dass der See etwas versteckt lag und deshalb nicht viele Touristen dort auftauchten.

Als wir ankamen, entfuhr Izzy ein staunendes «Wow!». Der See lag inmitten einer grünen Oase, die Bäume wuchsen entlang einer grossen Grünfläche. Das Wasser war klar, man konnte bis auf den Grund sehen. Izzy und Domenico rannten sofort los, Izzy zog im Rennen ihr Kleid über den Kopf, und beide sprangen direkt ins Wasser. Sofia und ich schlüpften schnell aus unseren Klamotten und folgten ihnen lachend.

Das Wasser strömte wunderbar kühl um meine Knöchel, es ging mir hier nur bis zur Brust, aber ich konnte sogar einige kleine Fische entdecken, die jedoch sofort davonstoben. Domenico kam lachend auf mich zu, zog mich zu sich, nur um mir zuzuzwinkern und mich dann ins Wasser zu stossen. Mein Körper fiel, die Kühle umhüllte mich, ich liess mich treiben und betrachtete von unten die Oberfläche des Wassers, die durch das Sonnenlicht weiss schimmerte.

Schon zog mich Izzy am Arm hoch, ebenfalls lachend. «Ich dachte, du bist ohnmächtig geworden!», erklärte sie, und ich spritzte ihr Wasser ins Gesicht. Prustend spritzte sie zurück und versuchte, mich wieder ins Wasser zu stossen. Sofia kam dazu, und schon war die schönste Wasserschlacht im Gange. Um den See herum waren einige Touristen zu erkennen, aber nur sehr wenige, wie Sofia und Domenico es prophezeit hatten. Ein paar sonnten sich auf der Grünfläche, einige standen wie wir im Wasser und freuten sich über die Abkühlung. Wer hätte gedacht, dass es hier tatsächlich so einen schönen See gab, der nicht völlig überlaufen war!

Nach einer Weile gingen wir, ein wenig erschöpft vom Toben, wieder zurück auf die Wiese. Wir setzten uns nebeneinander ins Gras und beobachteten die Touristen, wie sie Fotos von der schönen Aussicht machten.

Nach einer Weile fragte Sofia: *«Should we get some ice cream now?»*

Ich seufzte und lehnte mich zurück, sodass ich ganz auf dem Gras lag. *«I don't know»*, antwortete ich, *«I'm really exhausted, to be honest.»*

Domenico stimmte mir zu. *«Yeah, me too. Why don't we just stay here for a little while?»*

Izzy zuckte mit den Schultern. *«I can go with you, Sofia, then we could just bring the stuff here, right?»*

Sofia nickte begeistert, und die beiden standen auf und packten ihre Taschen. «Bis gleich!», rief ich Izzy zu, die mir durch die Haare wuschelte und dann mit Sofia hinter ein paar Bäumen verschwand.

Nun waren wir also nur noch zu zweit. Domenico lehnte sich zurück und schloss die Augen, es sah fast so aus, als wäre er eingeschlafen. Was wahrscheinlich besser war, als wieder eine von unseren peinlichen Unterhaltungen zu führen, aber irgendwie war ich doch etwas enttäuscht. Deshalb nahm ich mein Notizbuch zur Hand und öffnete es, um an meiner angefangenen Geschichte weiterzuschreiben. Ich betrachtete die Seite, die nun neben meiner auch Domenicos Handschrift enthielt. Seine war ganz anders als meine, meine Schrift war flüssiger, hatte mehr Rundungen, sah geübter aus.

«Um was geht deine Geschichte eigentlich genau?», fragte Domenico so plötzlich, dass ich ein wenig zusammenzuckte.

«Das ist privat», gab ich als Antwort zurück, obwohl ich selbst noch gar keine Ahnung hatte, von was sie handeln sollte. Ich hätte ihn gerne gefragt, was er mit seinem Ansatz der Geschichte gemeint hatte, wollte jedoch nicht irgendwelche falschen Signale senden. Schliesslich aber siegte die Neugier, und ich entschied, den Versuch zu wagen. Was hatte ich schon zu verlieren?

«Hey», fing ich an, «was ist eigentlich mit dem Text, den du gestern in mein Notizbuch geschrieben hast?»

Er sah mich erstaunt an. «Was meinst du?»

Ich schnaubte. Das konnte wohl nicht sein Ernst sein! «Na ja, du hast etwas von einem Geheimnis geschrieben, oder? Was hast du damit gemeint?»

Er setzte sich auf und fuhr sich mit einer Hand durch die Haare, offenbar unsicher, was er sagen sollte. «Es ist eine Geschichte. Du dachtest nicht wirklich, dass es *mein* Geheimnis wäre, oder?», erwiderte er nach einer Weile.

Schulterzuckend antwortete ich: «Was ist denn dieses grosse Geheimnis? Von dem Jungen im Buch?»

Er grinste frech. «Woher soll ich das wissen? Es ist schliesslich *dein* Buch.»

Enttäuscht schüttelte ich den Kopf. Ernsthaft? Das war alles?

Plötzlich verschwand das Lächeln aus seinem Gesicht, und Domenico wurde ernst. «Weisst du», sagte er, «manchmal bleibt ein Geheimnis einfach ein Geheimnis. Man kann nicht von allen erwarten, dass sie ihr Inneres der ganzen Welt offenbaren.»

Ich sah ihn unsicher an. «Aber ist das dann nicht ein vergeudetes Leben?», fragte ich.

Er sah mich aufmerksam an, als würde er etwas in Gedanken abwägen.

«Manchmal …», fing ich wieder an, um die unangenehme Stille zu überbrücken. Doch weiter kam ich nicht. Domenico hob mein Kinn an, sanft zog er mich zu sich. Ich verspürte ein Ziehen im Bauch, seine Lippen kamen immer näher, ich stellte mir vor, wie es wäre, ihn zu küssen … Aber jäh erinnerte ich mich wieder an die Umstände: Er hatte eine Freundin, die mit meiner besten Freundin jede Sekunde hier auftauchen konnte! Ja, ich musste zugeben, vielleicht hatte ich mich in ihn verliebt. Liebte seine lebendige und mutige Art, wie er lachte und mir, ohne es zu wissen, dabei half, meine Angst zu bewältigen. Aber dies hier jetzt fühlte sich einfach nicht richtig an. Ich riss den Kopf zurück und flüsterte: «Was soll das?» Mit Sicherheit nicht die netteste Reaktion auf einen Fast-Kuss, aber was hätte ich sonst sagen oder tun sollen?

«Ich dachte …», versuchte er zu erklären, aber bevor er seinen Satz beenden konnte, schlang Sofia von hinten ihre Arme um seinen Hals und rief: «Wir sind zurück!»

Ich fuhr herum und sah Izzy, die ein paar Meter von uns entfernt stand. Sie hielt zwei Becher Eis in den Händen und stand wie festgefroren. Ihr Gesicht sah geschockt, aber nicht sonderlich überrascht aus. Dann löste sie sich aus ihrer Starre und kam zu uns.

Ich suchte ihren Blick, wollte ihr ohne Worte zu verstehen geben, dass es nicht so gewesen war, wie es vielleicht ausgesehen hatte. Sie aber vermied es, mir in die Augen zu sehen.

Die beiden Mädchen setzten sich neben uns und verteilten die Eisbecher. «Wir haben einfach mal Mango, Vanille, Erdbeer und Schokolade genommen», verkündete Sofia auf Englisch. Im Gegensatz zu Izzy versuchte sie, alles mit Fröhlichkeit zu überspielen. Hatte sie es gesehen? Ich befürchtete es fast, sonst wäre sie nicht so aufgedreht gewesen. Ich ass einen Bissen von meinem Eis, welches kalt und geschmacklos auf meiner Zunge zerging. Ich spürte einen Zorn auf Domenico. Was hatte er sich nur dabei gedacht, er konnte doch nicht seine Freundin betrügen!

Niemand sagte etwas, bis Izzy schliesslich bemerkte: «Wir sollten langsam gehen, wir müssen noch ein Hotel suchen, unseres haben wir nur bis heute Nachmittag gebucht.» Ich nickte zustimmend.

«Domenico and I have a sleepover with some friends tonight, I bet you could come too. Then you wouldn't have to look for a new hotel until tomorrow», schlug Sofia vor und sah Domenico fragend an. Er nickte, sah aber nicht sonderlich erfreut, eher unschlüssig aus.

«Ich weiss nicht», wollte ich antworten, aber Izzy unterbrach mich mit einem: «Sicher kommen wir!»

Domenico biss sich auf die Lippe und lächelte. «Gut!», meinte er, «vielleicht könntet ihr ja auch Hope, die Austauschschülerin, einladen.» Ich hätte nicht gedacht, dass sich Domenico noch an sie erinnert, er hatte sie nur einmal gesehen, in der Nacht der Party. «Ich texte ihr, kannst du mir noch deine Adresse geben?», antwortete Izzy sofort und zückte ihr Handy.

«Gut, dann treffen wir euch um sechs Uhr mit unserem Gepäck bei deinem Haus?», fragte ich abschliessend. Domenico nickte, vermied es aber, mich anzusehen.

Wir packten alle unsere Sachen und verabschiedeten uns.

Kapitel 13

Izzy und ich liefen die letzten paar Meter zu Domenicos Haus, das ausserhalb von Mailand gelegen war. Nachdem wir unser Gepäck geholt und im Hotel ausgecheckt hatten, waren wir sofort losgelaufen, jetzt aber trotzdem zu spät. Zuerst hatten wir den falschen Bus genommen, uns danach zweimal verlaufen und waren jetzt nur noch erschöpft. Der Gedanke an den Fast-Kuss am See beschäftigte mich zudem mehr, als er sollte. Ich musste unbedingt wissen, ob Izzy und Sofia etwas gesehen hatten. Von der Seite sah ich Izzys Gesicht an, ihre Augen leuchteten im schwachen Mondlicht. Seit wir vom See zurückgekommen waren, hatte sie sich eigentlich normal verhalten und das Thema nicht angesprochen.

«Izzy, wieso hast du dich heute Nachmittag so komisch benommen?», fragte ich sie. Ich fühlte mich, als wäre ich wieder in der Grundschule, bei der Konfliktbewältigung oder so.

Abrupt stoppte sie und schaute mich mitleidig an. «Ich habe euch gesehen …», fing sie an, doch ich unterbrach sie sofort mit einem: «Aber es ist gar nichts passiert!» Sie seufzte und drehte sich zu mir um. «Ich weiss, und zum Glück hat es Sofia nicht gesehen. Aber als wir das Eis geholt haben, erzählte sie mir einige Dinge über sich und Domenico …» Sie sprach nicht weiter. «Wenn ich du wäre, würde ich ihm jedenfalls nicht zu nahe kommen. Dieser Junge hat einige Probleme.»

Ich runzelte die Stirn. Von was redete sie da? Im Gegensatz zu mir erschien Domenico immer so gelassen und gefasst, *ich* war doch das nervöse Wrack! «Was für Probleme?», fragte ich Izzy, da ich nicht wusste, was ich sonst sagen sollte.

Sie lief weiter, ohne mich anzuschauen. «Ich habe Sofia versprochen, nichts zu erzählen. Sei einfach vorsichtig, Domenico ist eine tickende Zeitbombe.»

Ich schnaubte. Was zur Hölle …?

Einige Minuten später standen wir vor dem Haus, nein, der Villa. Sie war mittelgross, im viktorianischen Stil erbaut und ganz in Weiss gestrichen. Es sah fantastisch aus! Vier Säulen stützten einen kleinen Balkon, und die Läden zu einigen Fenstern waren als Kontrast braun gestrichen. «Wow», hauchte Izzy, und ich musste grinsen. Definitiv wow. Ich trat einen Schritt nach vorne und drückte die Klingel. Ein feiner Glockenton erklang, und wir hörten Schritte, die sich rasch näherten.

Die Tür wurde von einer Frau mittleren Alters aufgerissen, welche ein blaues Sommerkleid und Sandalen trug. Sie musterte uns misstrauisch, und ich lächelte unsicher. *«Umm, I'm Izzy and this is Aris»,* erklärte Izzy, *«Domenico invited us.»* Hinter der Frau erschien nun Domenico selbst, er drückte sich an ihr vorbei und umarmte uns beide. Als er seine Arme um mich legte, presste er ein kurzes «Sorry» durch seine Zähne, auch wenn ich nicht wusste, für was. «Das sind meine Freunde, Mum», erklärte er auf Deutsch der grimmigen Frau, die immer noch wie festgefroren im Türrahmen stand.

«Ce ne andremo presto. Non fare cazzate», verkündete sie auf Italienisch und liess uns einfach stehen.

«Meine Eltern müssen gleich los. Wir sollen keine Dummheiten machen», übersetzte Domenico und zwinkerte uns zu. Dann führt er uns ins Haus, wo im Eingangsbereich ein Berg Mäntel und Schuhe abgelegt war. Stöhnend hievte er unsere Rollkoffer in eine Ecke, grinste uns an und lief die Treppe hoch. Wir folgten ihm.

Oben warteten bereits einige Leute auf uns, was mich etwas nervös machte. Neben Sofia und Hope waren da noch ein Mädchen und ein Junge, die sich als Selena und Pascal vorstellten. Die beiden waren Freunde von Sofia und Domenico, sie sprachen fliessend Englisch und etwas Deutsch. Sie sassen auf einer riesigen weissen Couch vor einem gigantischer Fernseher und assen Pizza. Da Izzy und ich zu spät kamen, hatten sie den Film schon gestartet. Wir stellten uns schnell vor und setzten uns zu ihnen. Sie waren alle sehr nett, und wieder war meine Angst vergessen, wie fast immer in Domenicos Anwesenheit.

Wir sahen uns den Horrorfilm «Conjuring» an, was fantastisch war, da ich nach Horrorfilmen nie schlafen konnte, und ich wollte wach bleiben, um nichts vom Abend zu versäumen, auch wenn ich todmüde war.

In etwa der Mitte des Films schlief ich aber trotz Spannung und Horror ein und wurde von Izzy am Ende wieder geweckt. Sie lachte: «Von was bist du eigentlich so müde?» Ich gähnte und grinste nur.

Pascal setzte sich auf. *«We could play truth or dare, couldn't we?»,* fragte er auffordernd. Selena lachte und meinte: *«Isn't that a little childish?»* Sofia zuckte mit den Schultern und verschloss ihre Trinkflasche, danach legte sie diese in die Mitte. *«Who wants to start?»,* fragte sie. Izzy lachte und hob die Hand. «Der Nächste muss …»

Und so ging es weiter, wir lachten die ganze Zeit und hatten grossen Spass. Bis irgendwann Selena dran war und bestimmte: *«The next one to receive the bottle has to kiss Domenico.»* Die anderen kriegten sich nicht mehr ein vor Lachen, während ich innerlich betete: *Bitte nicht ich. Bitte nicht ich.*

Wie hypnotisiert starrte ich auf die Flasche, wie sie immer langsamer wurde und dann stoppte – natürlich vor mir. Ich atmete tief ein. *Fantastisch,* dachte ich sarkastisch.

«Nein», sagte Domenico abwehrend.

«Komm schon», Selena lachte, «es ist nur ein Spiel, Domenico! Mach es einfach.»

Aber er schüttelte den Kopf. «Nicht wirklich …» Er sah etwas eingeschüchtert aus und sah mich unsicher an. «Tu doch ein…», fing Izzy an, doch Domenico brüllte: «Nein, verdammt noch mal, lasst mich einfach in Ruhe!»

Erschrocken sahen ihn alle an. Wahrscheinlich hatten sie ihn auch noch nie so erlebt. Er atmete heftig, die Stirn in Furchen und mit einem verbissenen Gesichtsausdruck. *«I think we should all go to sleep»,* sagte er schliesslich und stand auf.

Kapitel 14

Mitten in der Nacht weckte mich ein leises Quietschen auf. Langsam hob ich den Kopf, während meine Augen versuchten, sich an die Dunkelheit zu gewöhnen. Izzy, Selena und ich schliefen auf der Couch, während Pascal am Boden auf einer Matratze schlief und sich Domenico mit Sofia eine weitere teilte. Suchend glitten meine Augen durch den Raum in dem Versuch, die Geräuschquelle auszumachen. Plötzlich sah ich einen Schatten an der Tür zum Dach. Domenico hatte uns gestern erklärt, dass man durch diese Tür auf das Dach gelangen konnte, wo sein Lieblingsplatz war.

Nach einiger Zeit konnte ich den Schatten besser erkennen, und mein Herz schlug plötzlich schneller, als ich begriff, dass es Domenico war, der an dem Türschloss nestelte. Schliesslich bekam er die Tür auf und ging hinaus, verschloss sie aber nicht hinter sich.

Alles in mir drängte, ihm sofort nachzugehen, ich *wollte* ihm nachgehen. Aber würde das nicht aufdringlich wirken? *Doch was,* flüsterte eine Stimme in mir, *wenn er Hilfe brauchte?* Ja, vielleicht musste ich ihm helfen. Mit dieser Rechtfertigung kletterte ich über Izzy hinweg von der Couch und schlich auf Zehenspitzen durch die Wohnung.

Bei der Tür angekommen, holte ich tief Luft. Letzte Chance, noch konnte ich einfach wieder ins Bett gehen und weiterschlafen, noch war nichts passiert. Ohne gross weiter darüber nachzudenken, öffnete ich die Tür, die wieder ein unangenehmes Quietschgeräusch von sich gab, und trat nach draussen.

Die angenehm kühle Nachtluft begrüsste mich einladend, und ich saugte sie tief in meine Lungen ein. Der Himmel war klar und mit Sternen übersät. Ich blickte mich um, und im hellen Mondlicht entdeckte ich Domenico sofort, der hinter einem kleinen Erker auf dem Dach sass. Vorsichtig näherte ich mich und setzte mich neben ihn. «Hey», rief ich ihm leise zu, um ihn nicht zu erschrecken, da er mich nicht zu bemerken schien.

Sein Kopf schnellte herum, und er sah mich überrascht an. «Hey», sagte auch er mit einem Lächeln, doch dann schien er sich an die Geschehnisse des gestrigen Abends, an seinen Ausraster zu erinnern. Alles nur, weil er sich so vehement geweigert hatte, mir den einen Kuss zu geben, wie im Spiel verlangt war … Er lehnte den Kopf zurück, schloss die Augen und sagte leise: «Sorry.»

Ich zuckte mit den Schultern. «Kein Problem.»

Energisch schüttelte er den Kopf. «Nein, du verstehst nicht. Es ist nicht, dass ich etwas dagegen gehabt hätte, es war nur … wegen Sofia und meinen Eltern, weisst du?»

Ich verdrehte die Augen. «Nur weil ich auf Jungs stehe, heisst das nicht, dass ich automatisch auch etwas von dir will. Und wieso wegen deinen Eltern?», fragte ich ihn.

Er biss sich auf die Unterlippe. «Sagen wir es mal so: Sie sind sehr von ihren Grundsätzen überzeugt», antwortete Domenico spöttisch.

«Und was soll das heissen?», hakte ich wieder nach, doch diesmal gab er mir keine Antwort. Stattdessen fragte er: «Wieso bist du eigentlich bei dieser Party neulich draussen gesessen? War irgendetwas passiert?»

Erst wollte ich mir mit einem «Welche Party?» etwas Zeit verschaffen, obwohl ich natürlich genau wusste, welche Party er meinte. Dann aber entschied ich mich für die ganze Wahrheit: «Ich habe eine Soziale Phobie. Das heisst, dass ich manchmal Angst bekomme, wenn ich mich inmitten vieler Menschen befinde», sagte ich schliesslich. «Ich habe dann das Gefühl, dass mich alle merkwürdig finden, peinlich, und dass alle über mich lachen.» Jetzt war es heraus.

Er nickte, dann erschien ein besorgter Ausdruck auf seinem Gesicht. «Was ist mit Selena und Pascal? Es tut mir wirklich leid, wenn ich das gewusst hätte, hätte ich sie nicht auch noch eingeladen.»

Ich winkte ab. «Irgendwie geht es mir besser, wenn du bei mir bist», getraute ich mich schliesslich zu sagen und hätte mich dafür selbst ohrfeigen können. Das klang so verzweifelt!

Domenico sah mich nachdenklich an, ohne etwas zu sagen. «Hey, sieh mal!», rief er plötzlich und zeigte in den Himmel.

Ich sah hoch, konnte jedoch ausser einer Sternenansammlung am Nachthimmel nichts erkennen.

«Was?», fragte ich und musste lachen, die ganze Situation kam mir ein wenig lächerlich vor, wie in einem kitschigen Film: Ich sass auf dem Dach mit Domenico, und wir betrachteten Sternbilder.

Er sah mich überrascht an. «Ich dachte, du kennst den Namen. Irgend so ein Sternbild.»

Nun musste ich noch mehr lachen. Ich versuchte, irgendeine Form in den Sternen auszumachen. «Hmm …», sagte ich, «sieht irgendwie aus wie ein Wagen. Oder eine Pfanne.»

Er zog eine Augenbraue hoch. «Klar, Sternbild Bratpfanne», sagte er mit einem fetten Grinsen und strich sich mit der Hand die Haare aus den Augen. Dabei fielen mir wieder seine seltsamen Armbänder auf, die er um sein linkes Handgelenk geknotet hatte.

«Hübsche Armbänder», sagte ich sarkastisch, «lass mal sehen.» Ich wollte sein Handgelenk zu mir ziehen, um die verschiedenen Armbänder genauer betrachten zu können, doch er zog rasch die Hand zurück. «Was ist?», fragte ich ihn verletzt. «Hat dir Sofia auch verboten, deine Handgelenke zu zeigen, oder was?»

Er atmete tief durch und sah mich lange an. Dann öffnete er ohne ein Wort den Knoten des einen Armbands und liess es auf den Boden fallen, die anderen folgten. «Ich mache es schon lange nicht mehr, keine Sorge», sagte er leise, als auch das letzte Armband zu Boden gefallen war, «aber ich brauche die Armbänder. Jedes Mal, wenn ich die Narben ansehe, erinnere ich mich an meine Vergangenheit und alles, was mit mir falsch gelaufen ist.» Er zeigte auf sein Handgelenk, und ich konnte feine Narben sehen, die sich quer darüberzogen. Scharf zog ich die Luft ein.

«Domenico … es tut mir so leid …», fing ich an, doch er unterbrach mich. «Bitte sag das nicht. Du hast keine Ahnung, was alles passiert ist, und es ist ja nicht deine Schuld.»

Ich wollte ihn fragen, wieso er es getan hatte, wieso er sich geritzt hatte. Sally hatte in einer unserer Sitzungen einmal über diese Art der Selbstverletzung berichtet, die vor allem Jugendliche vornahmen, indem sie sich mit Rasierklingen, Messern, Scheren oder dergleichen immer wieder selbst Wunden zufügten. Ich erinnere mich nicht mehr an alles, was sie sagte, aber ich weiss noch, wie schockierend ich es fand, dass sehr viele, die sich ritzten, als Grund für das Sich-selbst-Schmerz-Zufügen angaben, dass die Wunden und das Blut für sie ein Zeichen waren, nicht tot zu sein … Neben sexuellem Missbrauch waren die Hintergründe meist körperliche oder seelische Gewalt, denen die Kinder und Jugendlichen hilflos ausgesetzt waren. Hatte Domenico so etwas erlebt? Ich hätte ihn wirklich gerne gefragt, stoppte mich aber letztendlich. Noch unangenehmer sollte die Situation für ihn nicht werden.

«Coole Kette hast du da», unterbrach Domenico plötzlich

meine Gedanken. Ich folgte seinem Blick zu meiner Kette mit dem Kreuzanhänger. Dann fasste ich spontan einen Entschluss. Rasch legte ich die Hände in den Nacken und öffnete den Verschluss. Ich nahm die Kette ab und legte sie vor Domenico auf den Boden.

Verwirrt sah er mich an. «Was soll das?», fragte er. Vorsichtig nahm er die Kette in die Hand und strich mit dem Daumen über das Kreuz. «Du kannst mir die nicht schenken …»

Ich nickte. «Ich schenke sie dir nicht, ich leihe sie dir nur aus. Wenn wir uns das nächste Mal wiedersehen, wirst du sie mir zurückgeben, wann auch immer das sein wird.» Er sah mich lange an und versuchte zu verstehen, was meine Worte bedeuten mochten. Ohne es zu wollen, hatte ich mich in diesen Jungen verliebt. Ich wusste nicht, ab wann genau, wie oder warum, aber ich wusste, dass es passiert war. Aber ich wusste auch, dass eine Erwiderung dieser Liebe nicht sehr wahrscheinlich war. Izzy hatte recht, dieser Junge hatte wirklich einige ernsthafte Probleme, angefangen mit seinen Eltern. Meine Kette war wie ein Anker für mich, der sich in seinem Leben festsetzte. Ein Zeichen, dass wir uns irgendwann wiedersehen würden, egal, wie unwahrscheinlich das auch war. Und wir dann vielleicht alles richtig machen konnten.

Ich sah in Domenicos Augen und bemerkte, dass er angefangen hatte zu weinen. Dann legte er sich die Kette um den Hals und zog zu meiner Überraschung wie gestern am See abermals mein Gesicht zu sich heran und drückte seine Lippen auf meine. Dieses Mal leistete ich keinen Widerstand. Dieser Kuss würde wohl immer der schönste Kuss meines Lebens bleiben, aber auch der schmerzlichste.

«Du hast so viel Glück», sagte er, nachdem wir uns wieder voneinander gelöst und eine Weile geschwiegen hatten.

«Hä?», fragte ich. Ich konnte noch nicht klar denken wegen dem Kuss und hatte noch immer ein süsses Gefühl auf den Lippen.

«Du hast Izzy, du hast deine Eltern – du hast so viel Unterstützung von Leuten, welche dich wirklich lieben. Ich habe niemanden. Die einzige Person, welche mich wirklich kennt, ist Sofia. Und die Wahrheit ist, dass ich mir nicht mehr sicher bin, ob ich sie nur noch benutze, um meine Eltern zufriedenzustellen.»

Ich sah ihn überrascht an. «Du magst Sofia nicht wirklich?», fragte ich ihn.

Er seufzte auf. «Ich liebe sie, das habe ich schon immer getan. Sofia und ich waren, glaube ich zumindest, glücklich miteinander. Bis meine Eltern diese Beziehung gegen mich verwendet haben und mir vorschreiben wollten, dass ich nur noch mit Mädchen zusammen sein sollte. Sie verstehen nicht …», er schnaubte, «na ja, sie verstehen so manches nicht. Ich würde Sofia gerne alles erzählen, aber dann würde sie mit Sicherheit nicht mehr mit mir zusammenbleiben wollen. Ich kann mit niemandem darüber reden, und alles baut sich immer weiter in mir auf, bis …» Wieder brach er mitten im Satz ab, als könnten Worte die Schmerzen nicht beschreiben, welche er erlitten hatte.

«Aber du hast jetzt mich», versuchte ich ihm zu helfen, ihm Mut zu machen. «Ich will dich unterstützen, aber du musst offen zu dir selbst sein und zu dir stehen.» Es war reine Ironie, dass von allen Menschen ausgerechnet ich Domenico einen Vortrag über Offenheit hielt, aber ich wusste nicht, wie ich ihm sonst helfen konnte. Ich sah ihn an, sah in seine samtbraunen Augen, sah in ihnen seinen tiefen Schmerz. Sie erzählten mir alles, was er selbst nicht in Worte fassen konnte.

Domenico schien über meine Worte wirklich nachzudenken, dann öffnete er den Mund und wollte etwas sagen, schüttelte aber schliesslich energisch den Kopf. «Du verstehst nicht», flüsterte er nur. Er klang enttäuscht und dankbar zugleich. «Ich bin nicht wie du. Du bist stark, Aris, auch wenn du das Gegenteil von dir glaubst. Du hast Menschen, die dich unterstützen, immer unterstützt haben. Du kannst offen zu dir stehen. Ich kann das nicht.»

Ich wollte noch etwas dazu sagen, ihn auffordern, weiterzukämpfen. Doch ohne ein weiteres Wort zog er meinen Kopf zu sich und küsste mich erneut.

Kapitel 15

«Hotel sul Lago Blu?», fragte mich Izzy und zeigte mir die Online-Bewertung des Hotels. Wir sassen in einem kleinen Café in Crema und versuchten, ein neues Hotel zu finden. Nur ein Touristenpärchen und eine italienische Mutter mit ihrem Kind sassen ausser uns noch in dem Café und assen ihr Frühstück.

«Hmm …», war meine einzige Antwort. Ich betrachtete verträumt meine Hände. Seit gestern Nacht hatte ich viel über mich und Domenico nachgedacht und über unsere Unterhaltung auf dem Dach. Im Grunde hatte er mir erzählt, dass er Gefühle für mich hatte, wegen seiner Eltern aber nie mit mir zusammen sein könnte. Endlich konnte auch ich mir selbst ganz offen eingestehen, dass Domenico mir viel bedeutete, selbst wenn ich ihn erst so kurz kannte. Und seine Eltern – konnten die wirklich so schlimm sein? Wenn sie Domenico nicht als den Menschen akzeptierten, der er wirklich war, dann würde ich ihn einfach mitnehmen und mit ihm in ein kleines Haus in den Wald ziehen. Oder so. Bei dem Gedanken musste ich lächeln.

«Aris?», fragte mich Izzy ungeduldig und wedelte mit dem Handy vor meiner Nase herum. Ich schreckte aus meinen Gedanken hoch und betrachtete die Website. *Hotel sul Lago Blu, Standort: Mailand.* Das war alles, was ich wissen musste.

«Yep», murmelte ich und versank wieder in meinen Gedanken.

Izzy seufzte, wählte die angegebene Nummer des Hotels und stellte ihr Handy auf laut. Es klingelte, und eine Frauenstimme meldete sich: *«Hello, this is the Hotel sul Lago Blu, how can I help you?»*

Izzy räusperte sich. *«Hello, my name is Isabella Andersson, my friend and I would like to book a hotel room for four nights.*» Die Frau am anderen Ende erklärte ihr etwas, und Izzy bejahte. Danach legte sie auf und berichtete mir: «Alles gut, ich habe wieder für vier Nächte gebucht, und wir können heute um zwölf Uhr die Zimmer beziehen.»

Ich nickte und checkte mein Handy, welches soeben mehrmals einen lauten Klingelton von sich gegeben hatte, das Zeichen für eingegangene Nachrichten. Die ersten beiden waren von meiner Mum und meinem Dad, die dritte von Domenico. Seine las ich natürlich zuerst.

Hey, habt ihr schon ein Hotel gefunden? Und danke noch für gestern Nacht. Du weisst schon (:

Ich musste lachen und tippte:

Ja, wir gehen ins Hotel sul Lago Blu. Bescheuerter Name. Gern geschehen ((:

Izzy schaute mir über die Schulter zu und prustete los. «Was meint er denn mit letzter Nacht?»

Ich steckte das Handy rasch wieder ein und erwiderte: «Gar nichts, vergiss es.»

Doch sie liess nicht locker. «Ich habe dir doch gesagt, du sollst nicht ausgerechnet mit ihm was anfangen!», sagte sie frustriert, aber auch etwas belustigt.

Ich war genervt von ihrem Gehabe.

«Du kannst mir nicht befehlen, mit wem ich meine Zeit verbringe, okay? Ausserdem hat er nur von der Übernachtung gesprochen, sonst nichts», blaffte ich sie an. Vielleicht war meine Reaktion etwas übertrieben, aber ich hatte es so satt, dass jeder mir vorschreiben wollte, was ich tun und lassen sollte.

«Komm, lass uns das Hotel suchen gehen», sagte ich bedeutend ruhiger und umarmte sie. «Sorry, dass ich manchmal ein Idiot bin», murmelte ich in ihr Ohr.

Izzy lachte. «Ja, das bist du wirklich.»

Kapitel 16

Heute war der ersten Morgen in unserem neuen Hotel. Ich schlief wie ein Baby, da dieses Zimmer zwei richtige Betten hatte und ich nicht länger auf einer Couch schlafen musste. Den Rest des gestrigen Tages hatten Izzy und ich hauptsächlich mit Rumhängen und Filmegucken verbracht, wir hatten einfach mal eine Auszeit gebraucht.

Ein lautes Klingeln riss mich aus dem Schlaf. Ich setzte mich auf und rieb mir die Müdigkeit aus den Augen. Izzy schnarchte noch immer auf unserem zweiten Bett, sie war gestern Abend ziemlich spät schlafen gegangen. Ich gähnte und tastete gleichzeitig nach meinem Handy auf dem kleinen Nachttischchen. Dieses Zimmer war in den Farben Blau und Holzbraun gestrichen, was ihm ein etwas düsteres Flair verlieh. Zudem war es etwas kleiner als das in Crema, ausser den zwei Betten gab es nur noch ein Bad mit Dusche und einen Fernseher. Doch das zweite Bett wog alles auf. Zudem würden wir wohl ausser zum Schlafen wieder nur wenig Zeit im Hotel verbringen.

Ich nahm das Handy. *Sofia de Leta,* stand auf dem Display. Ich runzelte die Stirn. Was konnte Sofia um acht Uhr morgens von mir wollen? Eine kalte Hand griff nach meinem Herzen: Vielleicht war Domenico etwas passiert? Schnell schüttelte ich den Gedanken ab und drückte auf den grünen Knopf. «Hallo?», fragte ich mit noch immer etwas verschlafener Stimme.

«Hey, here's Sofia», hörte ich von der anderen Seite. Ihre Stimme bebte, als hätte sie gerade geweint.

«Sofia? Is everything okay?», fragte ich sie besorgt.

Sie schluchzte. *«I ... yesterday evening, I talked to Domenico. And I broke up with him»,* brach es schliesslich aus ihr heraus.

«What? But why?», fragte ich verwirrt. Wieso erzählte sie mir das? Und warum hatte sie es überhaupt getan?

«You know why», sagte sie, nun mit etwas ruhigerer Stimme. Nein, ich wusste nicht warum! Oder doch, ja, ich wusste, warum.

«It's the best for both of us, you know? I can't be together with someone who doesn't love me back. You two have something special, something he and I don't have», fuhr sie fort.

Ich schüttelte den Kopf, was sollte das alles?

«I just wanted to tell you that, and ... that you have to be careful. Sometimes, Domenico isn't himself. He's really got serious problems with his parents. Sometimes he hurts himself because of it. They definitely wouldn't approve of you; you know what I mean?»

Ich schüttelte wieder den Kopf, obwohl sie mich gar nicht sehen konnte. Sollte ich ihr sagen, dass auch ich etwas für Domenico empfand? Vielleicht sollte ich lieber gar nichts sagen, das wäre vermutlich das Beste. *«Thank you, Sofia, for calling me»,* antwortete ich also stattdessen, *«but I don't know what you're talking about, really. There's nothing going on between me and ...»*

Sie unterbrach mich schroff. *«He told me about the day before yesterday. Please don't make this even harder for me.»*

Ich hielt empört den Atem an. Domenico hatte nicht das Recht, überall herumzuposaunen, was zwischen uns passiert war! Aber leugnen konnte ich es jetzt nicht mehr, deshalb blieb ich einfach still.

«This was all I wanted to tell you», endete Sofia, *«I hope you guys are happy.»*

Damit beendete sie einfach das Gespräch. Ungläubig hielt ich das Handy noch immer am Ohr. Dies war das merkwürdigste

Gespräch, welches ich je geführt hatte … Ich musste nachdenken, ich brauchte frische Luft, ich musste hier raus, um meine Gedanken und Gefühle zu sortieren! Zögernd sah ich zu Izzy hinüber, die nichts mitbekommen hatte und noch immer selig schlief. Ich wollte sie nicht aufwecken. Schnell riss ich einen kleinen Zettel aus meinem Notizbuch, legte ihn auf Izzys Nachttisch und schrieb:

Bin draussen. Muss nachdenken. Komme gleich wieder. Bitte mach dir keine Sorgen.

Kapitel 17

Domenico

Hey, alles okay?

textete ich Aris erneut. Er hatte auf alle meine vorherigen Nachrichten heute Morgen nicht geantwortet, bestimmt würde er auch diese einfach ignorieren. Ich fragte mich wieso. Bereute er unsere Küsse auf dem Dach? Das würde mir das Herz zerreissen, denn diese Momente auf dem Dach waren die ersten seit Wochen gewesen, wo ich mich wieder richtig lebendig gefühlt hatte. Es fühlte sich an, als würde Aris all diese Schwere von meinen Schultern nehmen, diesen ganzen permanenten Druck. Mit ihm zusammen zu sein fühlte sich anders an als mit Sofia. Ich hatte Sofia geliebt, das war nicht das Problem, aber ich liebte auch Aris. Deshalb hatte sie gestern Abend unter Tränen alles beendet, nachdem ich ihr von Aris und mir erzählt hatte. Natürlich war ich traurig – aber auch froh, dass sie mir die schwere Entscheidung abgenommen hatte, für wen der beiden ich mehr empfand.

Aber es schien, als hätte ihm unser Gespräch nicht so viel bedeutet wie mir. Denn schon seit heute früh ignorierte er all meine Nachrichten, was komisch war, denn gestern hatte er mir noch den Namen ihres neuen Hotels geschrieben. Was mich wieder auf eine Idee brachte.

Hastig sprang ich auf, streifte mir ein blaues T-Shirt über den Kopf und steckte mein Handy in die Hosentasche. Nach kurzem Zögern nahm ich auch Aris' Kreuzkette und legte sie mir um den Hals. Mit einem Klicken schloss sich der Verschluss, und ich musste lächeln. Es würde funktionieren!

Ich fuhr mit dem Morgenbus nach Mailand, und nach einigem Suchen fand ich endlich das Hotel, in welchem Aris und Izzy eingecheckt hatten. Es sah etwas heruntergekommen und vernachlässigt aus, die Leuchtanzeige flackerte stetig im Licht der Morgensonne. Ich legte meine Hand an die Glastür und stiess sie auf, dann betrat ich die Lobby. Neben einigen Tischchen und einer Bar stand eine hölzerne Rezeption. Ich stellte mich dem Rezeptionisten auf Italienisch vor und fragte ihn, welches Zimmer meine Freunde Aris Sierra und Izzy Andersson hatten.

Er beäugte mich misstrauisch und erwiderte, dass er mir diese Information aufgrund des Datenschutzes nicht geben konnte.

Ich verdrehte die Augen, zückte meinen Geldbeutel und legte ihm einen Hunderteuroschein auf den Tresen. Nachdem er mich lange schweigend angestarrt hatte, schnappte er sich das Geld und zeigte auf die Treppe. «Zimmer 34», sagte er auf Italienisch. Ich nickte, murmelte ein halbherziges «Grazie» und ging schnell die knarzende Treppe hinauf.

Zimmer 34 befand sich am hinteren Ende des Gangs. Ich klopfte an die Tür und freute mich schon auf Aris' überraschtes Gesicht. Keine Reaktion. Ich klopfe noch einmal, nun etwas lauter. Schliefen die beiden etwa noch? Das würde auch Aris' Nichtantworten auf meine Nachrichten erklären. Jetzt hörte ich es im Zimmer rumoren und grinste voller Vorfreude. Dann hörte ich das Klicken der Türklinke.

«Domenico?», fragte Izzy verwirrt, die noch ganz verschlafen den Kopf durch die Tür streckte.

«Ist Aris hier?», fragte ich sie unsicher und seufzte enttäuscht, als sie den Kopf schüttelte.

«Aber komm doch trotzdem kurz rein!», lud sie mich ein und öffnete mir die Tür. Ich betrat das Zimmer.

«Wieso wolltest du Aris sehen?», fragte mich Izzy und setzte sich auf eines der beiden Betten.

Ich setzte mich neben sie und begann, ihr alles zu erzählen. Nur unsere Momente, die Küsse auf dem Dach, liess ich aus. Ich hatte schon Sofia davon erzählt, ihr ja davon erzählen müssen, damit sie verstand. Und ich wollte nicht, dass Aris dachte, dass ich diese intimen, privaten Dinge von uns überall herumposaunen würde.

Nachdem ich fertig war, sah Izzy mich lange nachdenklich an. «Aris ist spazieren gegangen», sagte sie. «Er hat mir eine Nachricht dagelassen, dass er frische Luft bräuchte. Ich weiss nicht, warum, was vorgefallen sein könnte.» Sie zögerte, als ob sie mit sich ringen würde. Dann stand sie auf und lief zum Nachttisch des anderen Bettes. Dort öffnete sie die unterste Schublade und zog ein schwarzes Notizbuch hervor. Ich erkannte es sofort wieder, hatte ich selbst doch am Strand auch etwas hineingeschrieben. Sie kam wieder zu mir und drückte mir das Notizbuch in die Hand. «Das ist kein Vertrauensbruch, denn was ich tue, tue ich für Aris. Und ich denke, du solltest das sehen», sagte sie.

So öffnete ich das Notizbuch und fing an zu lesen.

Kapitel 18

Izzy

Nachdem Domenico unser Hotel wieder verlassen hatte, legte ich mich auf mein Bett und vergrub meinen Kopf in den Händen.

Ich liebte Aris wirklich, aber manchmal war er einfach ausserordentlich durcheinander, und schon oft hatte er mich mit seinen Aktionen seelisch mit in die Tiefe gezogen.

Ich hatte die Geschichte in seinem Notizbuch nicht absichtlich gelesen. Gestern Abend war es offen auf seinem Bett gelegen, er muss nach seinen Eintragungen einfach damit eingeschlafen sein. Ich wollte es nur wegräumen, ich schwöre.

Aber beim Zuklappen las ich ein paar Sätze, und ja, ich muss es zugeben, da wurde ich neugierig und las alles.

Er hatte über sich und Domenico geschrieben und über die Nacht, als wir bei Domenico übernachtet hatten. Am Ende der Eintragung hatte er geschrieben, dass er nicht mit Domenico zusammen sein könne wegen seiner Angst. Aris wollte unter allen Umständen vermeiden, dass Domenico sich weiter selbst verletzte. Und er war überzeugt davon, dass er mental nicht stabil genug war für eine Beziehung mit Domenico. Was wahrscheinlich stimmte, mich aber trotzdem sehr traurig machte.

Danach hatte ich das Notizbuch gestern an seinen Platz in Aris' Nachttischchen gelegt.

Plötzlich öffnete sich die Hoteltür, Aris kam herein und riss mich aus meinen Gedanken.

Wenn man vom Teufel spricht ..., dachte ich und winkte ihn zu mir.

Die frische Luft schien ihm gutgetan zu haben, denn ein Lächeln breitete sich auf seinem Gesicht aus. Es verschwand aber sofort wieder, als er sein Notizbuch neben mir auf dem Bett entdeckte.

«Was soll das?», fuhr er mich an und schnappte sich das Buch. Schützend legte er seine Arme darum.

Kapitel 19

Ich lag auf meinem weichen Bett in der Dunkelheit, die Augen an die Decke gerichtet, unfähig, einzuschlafen.

Es war ein seltsamer Tag gewesen. Nach dem Krach heute Morgen waren Izzy und ich uns erst einmal aus dem Weg gegangen, auch wenn Izzy sich hundertmal entschuldigt hatte, mein Notizbuch gelesen zu haben. Izzy und ich stritten fast nie, umso schlimmer, dass ausgerechnet jetzt auf unserer Reise. Am Nachmittag hatte ich mich ein wenig beruhigt und war draussen gesessen, als Izzy kam und sich noch einmal entschuldigte. Ich wusste, dass sie nur das Beste für mich wollte, aber meine Geschichte war heilig für mich. Niemand ausser mir durfte sie lesen. Doch am Ende verzieh ich ihr natürlich trotzdem, und wir gingen gemeinsam in ein Restaurant in der Nähe des Hotels und assen Pizza, während wir uns über alles Mögliche unterhielten. Nur das Thema Domenico sprachen wir beide nicht an.

Jetzt lag ich schon seit Stunden wach und hörte meinen Gedanken zu, die lauter klangen als ein voller Konzertsaal. Plötzlich liess mein Handy rasch hintereinander einen schrillen Ton erklingen – einige Nachrichten mussten eingegangen sein. Ich nahm es zu mir.

Hey
Was auch immer ich getan habe, es tut mir leid,
okay? Wieso redest du nicht mehr mit mir?

Aris? Ich vermisse dich.

Ich stehe wieder vor deinem Hotel, habe etwas
zu viel getrunken. Sorry. Können wir reden?

Die letzte Nachricht war erst ein paar Sekunden alt. Was machte er vor unserem Hotel und dazu noch angetrunken? Wie auch immer, ich musste mich vergewissern, dass es ihm gut ging.

Schnell zog ich mir ein frisches Shirt über den Kopf und hinterliess Izzy eine Nachricht, falls sie in der Zwischenzeit aufwachen sollte. Dann eilte ich die wackelige Treppe hinunter in die Hotellobby.

Als ich durch die Tür trat, entdeckte ich Domenico im Licht des Mondes sofort. Er sass auf der steinernen Bank vor dem Hotel und rauchte eine Zigarette. Ich lief rasch zu ihm. Ausser dem Rascheln der Blätter und Domenicos leisen Paffgeräuschen, wenn er an der Zigarette zog, war es still draussen.

Ohne ein Wort setzte ich mich neben ihn, nahm ihm die Zigarette aus der Hand, warf sie auf den Boden und trat sie aus.

«Hey!», raunte er unwillig, liess sich dann aber einfach gegen meine Schulter sinken. Ich wusste nicht, was ich sagen sollte, deshalb liess ich ihn gewähren. Ein paar Sekunden später fragte er mich: «Ist alles okay zwischen uns?»

Wie so oft bei Domenico, rang ich wieder um eine Antwort.

«Ich weiss nicht, ob ich immer so für dich da sein kann, wie du es brauchst», sagte ich schliesslich und meinte es wirklich so. Es schien, als ob die Nacht uns dazu bringen würde, endlich unsere wahren Gedanken auszusprechen, welche wir bei Tageslicht voreinander versteckten.

Plötzlich hörte ich ein leises Schluchzen an meiner Schulter.

«Ich mochte Sofia wirklich, weisst du?», stammelte Domenico mit einem leichten Lallen in den Stoff meines T-Shirts. Ich nickte und sagte: «Ich weiss.» Er sah auf, direkt in mein Gesicht. «Aber ich denke, dass ich dich mehr mag», gestand er schliesslich.

Für einen Moment blieb mir der Atem weg, als er mich so direkt ansah, mit diesen schönen braunen Augen und dem unsicheren Lächeln. Er hob die Hand und strich mir die Haare aus dem Gesicht. Kurz bevor er sie wieder sinken liess, ergriff ich sein Handgelenk und strich mit meinem Finger über die verblassenden roten Striche, die sich darüberzogen.

«Ich habe die Armbänder vergessen», hauchte Domenico und sah mich an mit einem Ausdruck, den ich nicht genau deuten konnte.

«Wieso?», fragte ich ihn, und er senkte den Blick. Langsam zog er seine Hand zurück und antwortete schroff: «Keine Ahnung, ich war angetrunken, als ich aufbrach.»

Ich seufzte. «Du weisst, was ich meine», sagte ich und nahm seine Hand wieder zu mir.

«Manchmal ist es schwierig, positiv zu bleiben, wenn es scheint, als würde niemand deine wahre Persönlichkeit akzeptieren», antwortete er.

Ich nickte und fragte: «Deine Eltern?» Ich konnte sein Gesicht nicht sehen, fühlte aber sein Nicken an meiner Schulter.

«Wir sollten einfach mit dem Auto meiner Eltern nach Frankreich fahren und den Rest unseres Lebens jeden Tag Croissants neben dem Eiffelturm essen», sagte Domenico, und ich lachte.

«Irgendwann hängen uns die Croissants dann bestimmt zum Hals heraus», erklärte ich ihm, und er grinste.

Er hob seine Hände, um meine Kreuzkette von seinem Hals zu lösen, doch ich stoppte ihn inmitten seiner Bewegung. «Es ist noch nicht vorbei», sagte ich zu ihm.

Er lächelte und sagte: «Das wäre echt verdammt kitschig, wenn ich nicht angetrunken wäre.»

Ich lächelte zurück. «Wahrscheinlich», stimmte ich ihm zu.

Dann, ohne Vorwarnung, zog er mein Gesicht zu sich heran und presste seine Lippen auf meine. Meine Finger fuhren durch seine Haare, und seine Lippen verzogen sich zu einem Lächeln. «Nur du hältst mich am Leben», flüsterte er mir zu. Sofort zog ich meine Finger zurück, als hätte ich mich verbrannt. «Was sagst du da?», fragte ich ihn und löste mich von ihm. Genau das, was ich unbedingt vermeiden wollte, war passiert. Er durfte sich nicht von mir abhängig machen, sonst würde ich ihn unweigerlich mit mir in die Tiefe ziehen! «Ich … ich kann das nicht», sagte ich zu ihm und zog mein Handy aus der Tasche. «Ich rufe dir ein Taxi. Du musst gehen, ich … ‹Hello? Yes, good evening. I need a taxi. … Yes, at once. … Hotel sul Lago Blu. … Thank you very much.›»

Domenico versuchte, mich zu beschwichtigen. «Komm schon, du weisst, was ich meine», sagte er und wollte meine Hand ergreifen. Schnell rutschte ich weg von ihm, um etwas Distanz zwischen uns zu bringen.

«Es tut mir leid, Domenico, aber ich kann dir nicht helfen. Du brauchst jemand anderes … Jemanden, der dich wirklich voll und ganz unterstützen kann und nicht gleich bei jeder kleinsten Hürde zusammenbricht», versuchte ich ihm zu erklären.

Dann sprang ich auf, ging ohne ein Abschiedswort zurück ins Hotel und drehte mich kein einziges Mal mehr um.

Kapitel 20

Der nächste Morgen fühlte sich an wie die Hölle. Ich wollte gar nicht aufstehen, erst als Izzy mich schliesslich um zehn Uhr aus dem Bett zerrte, riss ich mich zusammen. Sie wollte unbedingt aus mir herauskriegen, was gestern Abend passiert war. «Ich bin gegen Mitternacht aufgewacht und hab deine Nachricht gesehen und mir richtig Sorgen gemacht!», rief sie gleich als Erstes, als sie mich weckte.

Ich seufzte und bestand darauf, erst kurz duschen gehen zu dürfen. Dann erzählte ich ihr von dem angetrunkenen Domenico, der vor unserem Hotel auf mich gewartet hatte, und von unserem Gespräch. Wobei ich allerdings auch einiges wegliess.

Als ich fertig war, sah sie mich entsetzt an. «Bist du bescheuert?», fragte sie mich schliesslich.

Erstaunt sah ich sie an. «Wieso?», fragte ich, und sie seufzte. «Du behandelst ihn schrecklich! Im einen Moment bist du nett, im anderen rennst du vor ihm weg. Du solltest dich echt mal entscheiden, ob du ihn nun magst oder nicht! Denn wenn es so weitergeht, wird er nicht mehr lange auf dich warten», sagte sie ungewohnt heftig zu mir, «auch andere Mütter haben hübsche Söhne! Geh und entschuldige dich bei ihm für deinen Auftritt gestern!»

Empört brauste ich auf: «Ich bin keine drei Jahre mehr, Izzy, und du nicht meine Mutter!»

Sie zuckte mit den Schultern und sagte: «Wie du willst, Aris. Heul dich aber nicht bei mir aus, wenn das zwischen euch nichts wird.»

Eine von Izzys vielen guten Eigenschaften war, dass sie nie lange böse war und schon gar nicht nachtragend. So informierte sie mich jetzt, dass sie nun gehen würde, um Hope am

Strand zu treffen, und fragte mich, ob ich mitkommen wollte. Ich dachte kurz nach, als ich plötzlich eine Idee hatte und aufsprang. «Geh ohne mich», erklärte ich Izzy, «ich muss etwas geradebiegen.»

Der Bus war zum Glück ziemlich leer. Doch auf dem Weg zu Domenicos Haus bezweifelte ich wieder meine Entscheidung, zu ihm zu gehen. Izzy hatte recht, ich konnte nicht einfach immer auftauchen und verschwinden, wie es mir gerade passte. Aber bevor ich wieder kniff und auf dem Absatz kehrtmachte, lief ich rasch die paar Meter zu seinem Haus hoch und drückte die Klingel.

Dieses Mal öffnete ein älterer Mann die Tür, wahrscheinlich Domenicos Vater. Er trug ein dunkelblaues Polohemd und eine hellbraune Cargohose. Seine Haare waren früher vermutlich schwarz gewesen, doch die Zeit und das Alter hatten ihnen einen grauen Schimmer verliehen. Wie am Abend der Party Domenicos Mutter sah auch er mich kritisch an und sagte schliesslich: *«You're that friend of Domenico, right?»* Ich nickte, obwohl ich mir nicht sicher war, was «dieser Freund» genau bedeutete. Der Mann warf mir noch einen langen Blick zu, dann drehte er sich um und rief über seine Schulter: *«Scendi, Domenico!»* Ohne ein weiteres Wort drehte er sich um und ging wieder ins Haus hinein, während ich immer noch unsicher vor der Tür stand.

Kurz darauf sah ich Domenico die Treppe hinuntersprinten. Er trug ein rosafarbenes Lacoste-Hemd und meine Kette, die im Takt seiner Schritte mitschwang, und sah wieder einmal einfach umwerfend aus. «Hey», begrüsste er mich und sah mich mit einem unsicheren Blick an. «Hast du deine Meinung mal wieder geändert?»

«Es tut mir leid», sagte ich, «aber jetzt habe ich etwas mit dir vor. Und danach *musst* du mir einfach verzeihen, glaub mir, denn es wird verdammt teuer für mich werden.»

Mit hochgezogener Augenbraue wollte Domenico mir die Tür wieder vor der Nase zuschlagen, doch ich stellte schnell meinen Fuss dazwischen. «Okay, falscher Anfang. Aber bitte, komm mit. Es ist wichtig», versuchte ich es noch einmal. Zum Glück öffnete sich die Tür wieder etwas weiter. «Letzte Chance», meinte er warnend, und erleichtert zog ich ihn nach draussen. «Komm einfach mit.»

Wir liefen durch einige noble Villenstrassen, ohne einander anzusehen, bis wir schliesslich an der Bushaltestelle ankamen. «Wieder ohne Ticket!», verkündete ich, denn ich war ja auch ohne hierhergekommen, es wurde ja nicht kontrolliert. Doch Domenico sah mich belustigt an. «Vergiss es. Wir sind jetzt in Mailand, da gibt es mehr Kontrolleure», sagte er, und ich spürte, wie ich noch im Nachhinein blass wurde. Wenn man mich auf der Fahrt zu Domenico kontrolliert hätte …! Grinsend ging Domenico zum Ticketautomaten, um zwei Halbtagestickets zu lösen. Dann kam auch schon unser Bus. Nach einer gefühlten Ewigkeit kamen wir endlich an meinem Reiseziel an. Ich grinste selbstbewusst und sah zu Domenico hinüber, der etwas geschockt aussah. «Hier?», fragte er erstaunt. *Tattoos & Piercings* stand auf der grossen Glasscheibe. «Jep», meinte ich, bedeutete ihm zu warten und betrat den Laden. Domenico beobachtete mich verwirrt durch die Glastür, bis ich ihm zuwinkte und er mir folgte. «Was zum Teufel wollen wir hier machen?», fragte er mich und sah sich im Tattoostudio um.

An den Betonwänden hingen ausgedruckte Kopien von Zeichnungen, und auf einem kleinen Tischchen stapelten sich weitere Blätter gleich neben Desinfektionsmittelflaschen. Auf einem schwarzen Liegestuhl lag ein Junge etwa in unserem Alter und liess sich gerade von einer jungen Frau mit langen blauen Haaren Pikachu auf den Unterarm tätowieren. Domenico und ich grinsten uns an. Die Frau sah zu uns auf und lächelte: «Könnt ihr noch kurz warten?», fragte sie auf Italienisch, und Domenico nickte. Ich hatte mich schon telefonisch bei ihr gemeldet – zum Glück sprach sie sehr gut Englisch –, um sicher zu sein, dass sie jetzt auch Zeit hatte. Ich glaube, ihr Name war Miranda.

Ich führte Domenico zu zwei Stühlen, die neben dem Tisch standen, und setzte mich. Er setzte sich ebenfalls und fragte mich: «Wirst du mir jetzt endlich erklären, was das soll?» Ich wurde plötzlich verlegen. «Du hast mir doch erzählt, dass deine Narben dich an die schlechten Zeiten erinnern und dich runterziehen. Im Internet habe ich von einigen Leuten gelesen, die sich über die Narben Tattoos haben stechen lassen», fing ich an. Dann beeilte ich mich zu sagen: «Du musst das natürlich nicht machen. Ich dachte nur …» Ich beendete den Satz nicht, denn um ehrlich zu sein, wusste ich nicht wirklich, was genau ich mir dabei gedacht hatte.

Auf Domenicos Gesicht breitete sich jedoch ein Lächeln aus, und er sagte: «Das ist cool, an so etwas habe ich wirklich noch nie gedacht.» Dann biss er sich auf die Unterlippe und dachte sichtlich angestrengt über meinen Vorschlag nach. «Egal, wieso eigentlich nicht?», meinte er schliesslich und lächelte.

Ich sah ihn überrascht an. Obwohl ich meine Idee richtig gut fand, hatte ich nicht geglaubt, dass er es tatsächlich durchziehen würde.

Ohne dass wir es bemerkt hatten, war der Pikachu-Junge inzwischen fertig geworden, und die Besitzerin des Tattoostudios hatte nun Zeit für uns. «Habt ihr euch entschieden?», fragte sie, und Domenico nickte und setzte sich sofort auf den Stuhl.

«Das Motiv?», fragte Miranda und setzte sich auf den kleineren Stuhl.

«Such du etwas aus», forderte Domenico mich auf und sah mich an.

«Ich?», fragte ich skeptisch und liess meinen Blick über die Wände des Studios gleiten. Aber ich musste nicht lange suchen – genau, das dort sollte es sein!

Ich zeigte auf das Motiv. «Wir nehmen das hier.»

Kapitel 21

Auf dem Rückweg zum Bus fühlten wir uns beide ausgelassen. «Dieses Mal hast du mich wirklich überrascht», sagte Domenico und hob seinen Arm hoch. Auf seinem Handgelenk klebte ein weisses Pflaster, unter welchem ein schwarzes Kreuz prangte. Als ich die Zeichnung an der Wand gesehen hatte, musste ich sofort an unseren Pakt mit der Kette denken. Ich wollte, dass es ihm Hoffnung gab und nicht zu kitschig wirkte. Aber das tat es nicht, das Kreuz sah dem meiner Kette sogar ähnlich. Nun war er doppelt mit mir verbunden, durch die Kette und das Tattoo. Domenico strahlte, so sehr freute er sich.

Wieder lösten wir ein Ticket für den Bus, stiegen ein und liessen uns auf einem Zweierplatz nieder. Der Bus füllte sich langsam mit mehreren Leuten, natürlich hauptsächlich Italienern, wie aus den vielen zugeworfenen Scherzworten herauszuhören war. Einer stimmte sogar ein Lied an, und alle fielen ein, lachten dabei und fühlen sich offenbar richtig wohl. Ganz im Gegensatz zu mir – je mehr Leute dazustiegen, je ausgelassener die Stimmung im Bus wurde, umso mehr breitete sich ein mulmiges Gefühl in meinem Bauch aus, und ich fühlte mich immer unwohler. Obwohl Domenico ja bei mir war, löste eine so grosse, ausgelassene Gruppe von Menschen nach wie vor Panikattacken in mir aus.

«Was machen wir jetzt noch?», fragte ich, um mich abzulenken. Domenico runzelte die Stirn. «Keine Ahnung», antwortete er belustigt, «hast du noch Zeit? Wir könnten an den Strand gehen.» Ich nickte begeistert. «Aber denk nicht, dass nun schon alles vergeben ist!» Domenico lächelte bei diesen Worten, wurde dann aber ernst. «Du hast mich schrecklich behandelt», erinnerte er mich.

Ich lächelte nur und strich ihm zärtlich über das bandagierte Handgelenk.

Unsere Haltestelle wurde ausgerufen, wir standen auf und stellten uns an die Tür. In der ersten Reihe sass ein Pärchen, beide etwa um die dreissig Jahre alt. Der Mann starrte uns die ganze Zeit an. Plötzlich murmelte er etwas Unverständliches. Dann wiederholte er es lauter, nur ein Wort: «Frocio!» Und als er meinen verständnislosen Blick sah, rief er in kaum verständlichem Englisch: *«You disgust me!»* Ich erblasste.

Domenico drehte sich auf dem Absatz um. Sein sonst so schönes Gesicht war vor Wut richtig entstellt. *«Che cosa hai detto?»*, fragte er den Mann mit einem lauernden Blick.

Mir wurde schlecht. «Komm schon», sagte ich zu Domenico und packte seinen Arm, «lass uns gehen.»

«Mi hai sentito», sagte der Mann und grinste dabei anzüglich. Domenico wurde immer wütender. Er liess italienische Flüche auf den Mann niederprasseln und packte ihn am Kragen seines Hemdes.

«Hör auf!», rief ich und wollte ihn zurückziehen, aber Domenico war so in Rage, wahrscheinlich hörte er mich nicht einmal. Da stellte ich mich zwischen ihn und den fremden Mann und sagte: «Der Typ ist es nicht wert, dich verletzen zu lassen.» Doch Domenico wollte nicht aufhören und versuchte, an mir vorbeizukommen, konnte mir dabei aber nicht in die Augen sehen.

Da sagte die junge Frau neben dem Mann besorgt mit ebenfalls sehr starkem Akzent: *«You should better go now.»* Dabei strich sie dem Mann immer wieder über den Arm und versuchte, ihn zu beruhigen. Ich spürte, es konnte sich nur noch um Sekunden handeln, bis die zwei sich prügelten …

In dem Moment hielt der Bus, die Türen öffneten sich. Ohne

weitere Worte zog ich Domenico aus dem Bus. Er schnaufte heftig und fuhr sich aufgebracht ein paarmal durch die Haare. Der Bus fuhr wieder los, und in dem Moment fing Domenico an, mir wahllos Anschuldigungen an den Kopf zu werfen.

«Siehst du», meinte er und lief gestresst auf und ab, «genau das ist der Grund, weshalb ich nicht mit einem Jungen zusammen sein kann. Es ist nicht so einfach, weisst du? Das mit uns kann hier einfach nicht funktionieren. Vielleicht kannst du das an einem anderen Ort bringen, aber hier …»

«Domenico, solche Sachen passieren halt manchmal! Es ist schrecklich, aber damit muss man sich abfinden. Man kann sich nicht sein ganzes Leben lang verstecken, nur weil man Angst hat, man selbst zu sein.»

Daraufhin sah er mich nur lange an, mit einem gequälten Ausdruck, der alles sagte, was er nicht in Worte zu fassen vermochte. «Ich kann das einfach nicht», sagte er schliesslich leise, «vielleicht irgendwann in der Zukunft, wenn die Leute sich damit abgefunden haben, dass wir nicht verschwinden werden und dass es okay ist, wen immer man liebt. Aber jetzt will und kann ich das einfach nicht aushalten.»

Ich nickte und erwiderte: «Dann ist es wahrscheinlich gut, dass morgen unser letzter Tag hier ist. Wir werden übermorgen abreisen.» Damit liess ich ihn stehen und lief in die entgegengesetzte Richtung davon. Alles in mir schrie danach, mich noch einmal umzudrehen und einen letzten Blick auf den Jungen zu werfen, den ich liebte. Doch ich wollte mir einen weiteren Moment voller Schmerzen ersparen. Ich hatte schliesslich von Anfang an gewusst, dass das hier nicht ewig dauern würde und Izzy und ich früher oder später nach Hause zurückkehren mussten, egal, ob Domenico mich liebte oder nicht. Aber wieso tat es dann so weh?

Kapitel 22

Schwungvoll wuchtete ich meinen grossen Rollkoffer aufs Bett und begann, systematisch meine Kleider zu sortieren und hineinzulegen. Ich hatte gestern nicht gelogen, als ich Domenico erzählt hatte, dass wir morgen abreisen würden. Izzy packte auch schon mal für morgen, nur dass sie ihre Besitztümer einfach wahllos in den Koffer hineinschmiss. Wir redeten wenig. Seitdem ich Izzy von gestern erzählt hatte, erst von meiner Idee mit dem Tattoo, dann vom Idioten im Bus und Domenicos Reaktion, gab es nicht mehr viel zu sagen.

«Ich weiss, dass es dir gerade nicht so gut geht», fing sie nach langem Schweigen behutsam an, «aber heute Abend ist eine Party. Pascal schmeisst sie, du weisst schon, Domenicos Freund. Hope und Selena werden auch da sein. Natürlich müssen wir nicht hingehen, aber ...»

Ich unterbrach sie schnell. «Schon gut», sagte ich, «nur weil ich und Domenico uns getrennt haben, heisst das nicht, dass ich nicht auch mit den anderen Spass haben kann. Vor allem, weil das unsere letzte Nacht in Italien sein wird.»

Izzy

Ich lächelte und machte ein «Daumen hoch»-Zeichen. Den wirklichen Grund, wieso ich wollte, dass Aris auf die Party ging, erzählte ich ihm nicht. Ich hoffte nämlich, dass auch Domenico auf der Party sein würde, Pascal hatte so Andeutungen gemacht. Doch hätte ich das Aris erzählt, wäre er wahrscheinlich nicht hingegangen.

Es war langsam Abend geworden, die letzten Sonnenstrahlen tauchten die Piazza, die wir gerade überquerten, in ein fast mystisches Licht. Die Party fand wieder am gleichen Ort statt wie die, zu der mich Izzy gleich am Anfang unserer Reise gezerrt hatte. Der, bei der alles seinen Anfang genommen hatte. Es fühlte sich seltsam an, jetzt dorthin zurückzukehren, wenn man bedachte, wie viel sich seitdem verändert hatte.

Als wir ankamen, war die Party schon in vollem Gange, die Bässe wummerten durch die alten Wände, aber es waren weniger Leute als letztes Mal, die im Haus und ausserhalb von ihm tanzten. Schon am Eingang roch es penetrant nach Bier und Schweiss, was mich erschaudern liess.

«Alles okay?», fragte Izzy, die das mitbekommen haben musste.

Seitdem das alles hier in Italien passiert war, zeigte sich meine Angst immer weniger. Was fantastisch war, mich aber auch verunsicherte: Was, wenn alles zu Hause wieder schlimmer wurde? Schnell schob ich den Gedanken beiseite. «Alles prima», antwortete ich und lief in Richtung der Musik.

Plötzlich kamen Pascal, Selena und Hope auf uns zugestürmt. «Hey!», rief Hope und umarmte uns überschwänglich, ihre roten Haare flogen ihr dabei nur so ums Gesicht. *«So glad that you could make it, guys!»,* sagte Selena und führte uns ins Haus hinein.

Drinnen drückte uns irgendein Typ einen Becher Bier in die Hand, den ich dankend annahm. Dann erinnerte ich mich aber an meine letzte Begegnung mit Alkohol, welche eher unerfreulich verlaufen war. Deshalb hielt ich den Becher Izzy hin, welche ihn naserümpfend auf einen kleinen Tisch stellte. Endlich entspannte ich mich etwas und sah mich um.

Die meisten Partybesucher kannte ich nicht, nur einige Gesichter waren bekannt. Wie … Gabriel?! Ich lachte und tippte Izzy an die Schulter. «Sieh mal, wer auch da ist!», rief ich ihr zu. Sie drehte den Kopf und lachte los. «Wirst du mit ihm reden?» Ich schüttelte sofort den Kopf. Diese Chance hatte ich mir schon viel früher vertan. Es schien auch plötzlich nicht mehr so wichtig, als hätte Domenico einen Schatten in meinem Leben hinterlassen, den niemand sonst füllen konnte.

Irgendein Song von «The Neighbourhood» lief über die grossen Lautsprecher, die jemand in allen Ecken des Raumes aufgestellt hatte, und ich zog Izzy, die mich überrascht ansah, auf die Tanzfläche.

Wann hatte ich das letzte Mal getanzt? Ja, es ging mir besser!

Izzy lachte und liess sich mitziehen, während sie suchend ihre Augen durch den Raum schweifen liess.

«Was ist los?», fragte ich sie, doch sie schüttelte nur den Kopf und lächelte ein wenig gezwungen. «Nichts!», erwiderte sie, fixierte jedoch mit ihrem Blick eine bestimmte Stelle. Ich folgte ihrem Blick und sah Domenico, der mit zwei anderen Jungs tanzte. Ich holte tief Luft. «Wusstest du, dass er hier sein würde?», zischte ich Izzy zu. Sie schüttelte zuerst den Kopf, nickte dann aber. Ich hörte auf zu tanzen und blaffte sie an: «So, all das hier ist also nur ein Mittel zum Zweck?» Sie hielt mich am Arm fest und sagte: «Aris, es tut mir leid, ich wollte …» Ich unterbrach sie: «Hier geht es aber nicht um dich, okay?» Damit riss ich mich los und rannte nach draussen.

Ich fand mich am selben Platz wieder wie letztes Mal, auf dem staubigen Hinterhof des Hauses. Ich seufzte und lehnte mich an die Wand. Ich wollte doch einfach meinen letzten Abend in Italien ohne irgendwelche Zwischenfälle und ohne riesiges Gefühlschaos geniessen, aber es schien, als hätte sich das Schicksal gegen mich gewendet.

«Zigarette?», fragte plötzlich jemand, und ich sah auf.

Natürlich. Vor mir stand Domenico, wie damals lässig an die Wand gelehnt, mit der unvermeidlichen Zigarette in der Hand. Ich schüttelte den Kopf. Er liess die Zigarette fallen und drückte sie mit seinem Schuh aus. Das unangenehme Gefühl eines Déjà-vus durchfuhr mich.

«Also reist du morgen ab?», fragte er mich nach einem Moment der Stille. Ich nickte. «Dann sehen wir uns jetzt zum letzten Mal», schlussfolgerte er, was ich wieder mit einem Nicken quittierte. «Es tut mir leid», fing er an, «dass ich alles zerstört habe.» Er kam näher und setzte sich neben mich auf den Boden, während die dumpfen Bässe durch die Wand wummerten.

«Schon gut», sagte ich, «es hätte wahrscheinlich auch sonst nicht geklappt. Ich wäre ja so oder so abgereist.» Wieso hatte ich dann das Gefühl, dass wir einen schrecklichen Fehler machten?

Domenico seufzte und lehnte sich an mich, genau wie in der Nacht, als er angetrunken zu unserem Hotel gekommen war, um mir seine Gefühle zu gestehen. Nur dass er dieses Mal nüchtern war. «Du bist der erste Mensch, die ich liebe, wirklich liebe», sagte er nachdenklich.

«Ich dich auch», flüsterte ich kaum hörbar.

Eine Weile blieben wir einfach so sitzen in der Dunkelheit der Nacht, jeder in seinen Gedanken und Erinnerungen versunken und um all die verpassten Möglichkeiten trauernd. Plötzlich richtete er sich auf und öffnete meine Kette, die noch immer um seinen Hals hing. Er liess sie für eine kurze Zeit in der Luft baumeln, bevor er sie mir in die Hand drückte. Ich schüttelte den Kopf. «Nein, Domenico, es ist noch nicht vorbei. Behalte sie!» Ich wollte ihm die Kette zurückgeben, doch er schüttelte den Kopf, als ich aufstand und sie ihm in die Hand drücken wollte. Stattdessen legte er seine Arme um mich und umarmte mich, während er in mein Ohr hauchte: «Dieses Mal ist es vorbei.»

Dann drehte er sich um, und ohne noch einmal zurückzublicken, lief er weg. Weg von dem Haus, wo alles begonnen hatte, weg von meinem gebrochenen Herzen, welches nach ihm schrie.

Kapitel 23

Domenico

Die Strasse vor mir leuchtete in einem schummrigen Licht, welches meine Sinne verwirrte, als ich von der Party davonlief. Mir gingen Erinnerungen wie ein Kinofilm durch den Kopf. Der erste Tag nach einem Streit mit meinem Vater, wie ich mich hinausschlich, um auf eine Party zu gehen. Aris, der am Boden sass, mit dem Kopf in den Händen. Die Nacht vor seinem Hotel, der Alkohol, der meinen Kopf benebelte, und die bittersüssen Küsse. Der Schmerz der Tattoonadel, der durch Aris' hoffnungsvollen Blick gelindert wurde. Und ich, wie ich ihn an der Bushaltestelle anschrie und alles zerstörte, so wie ich es immer tat.

Meine Hand griff wie schon tausendmal zuvor in mein T-Shirt, um die Kette zu suchen, Trost bei ihr zu finden. Sie griff ins Leere, da war nur Stoff. Es schien mir wie ein Symbol, dass sie nun nicht mehr da war – das letzte Bindeglied war zerrissen, ich war allein. Ich liess meine Hand einige Sekunden auf meinem Herzen liegen und spürte meinen Puls, der ungleichmässig in meiner Brust hämmerte. Alles in mir wollte mich zum Umkehren bewegen, ich wollte mich umdrehen, damit ich mir Aris' Gesicht noch ein letztes Mal einprägen konnte. Doch ich zwang mich, immer weiter zu gehen, vorbei an den aufgekratzten Leuten, die sich neben mir durchschlängelten auf dem Weg zur Party, angezogen wie die Motten vom Licht. Versehentlich stiess ich mit einem Jungen meines Alters zusammen, der etwas unsicher von links nach rechts geschwankt war und jetzt empört zur Seite sprang. «What's your problem, mate?», blaffte er mich mit einem unverkennbaren britischen

Akzent an. In seiner linken Hand baumelte ein grosser Becher Bier, welches durch seinen torkelnden Gang aber schon fast ganz verschüttet war. Sein schwarzes Haar war kurz geschoren, und an seinem linken Ohr hing ein Ohrring in Form eines Fisches. Es sah aus, als ob er alleine auf dem Weg zur Party war.

«Sorry», *sagte ich und wollte weitergehen, aber er hielt mich mit einer Hand auf.* «I think I know you from somewhere», *meinte er nachdenklich und hielt sich die Hand vor den Mund. Woher sollte er mich kennen?, fragte ich mich.* «Now I know!», *rief er plötzlich, und ich verdrehte die Augen. Ich fühlte mich schrecklich und wollte nur noch nach Hause, doch er liess nicht locker.* «I think Carlos told me about you», *meinte der Brite und nickte heftig.* «Yeah, he really did.» *Ich seufzte. Ich kannte Carlos nicht mal richtig, aber er schaffte es immer, mir Leute auf den Hals zu hetzen, auf deren Gesellschaft ich gut verzichten konnte.* «My name is Larry», *fing er an, doch ich unterbrach ihn sofort.* «Look, I really don't care», *erklärte ich ihm und fuhr mir durch die Haare,* «I had a rough day. Just leave me alone.» *Meine Antwort war alles andere als die feine englische Art gewesen, aber ich wollte nur eins: weg von hier. Ich lief weiter, während mir Larry mit offenem Mund hinterherstarrte.*

Nach ein paar Schritten fiel mir ein Wassertropfen ins Gesicht. Ich sah nach oben, wo sich gerade eine dunkle Wolke vor den Mond schob. Das sah nach einem gewaltigen Gewitter aus. Und ich sollte recht behalten, denn schon kurz darauf prasselte der Regen in Strömen auf mich herab. Normalerweise würde ich jetzt anfangen zu rennen, doch heute kümmerte mich der Regen wenig, und ich lief einfach im normalen Trott weiter. Um mich herum flüchteten die Menschen unter die bedachten Hausunterstände, welche die Strasse säumten. Plötzlich hörte ich ein lautes Keuchen hinter mir und sah mich erschrocken um. Hinter mir stand der Junge von vorhin, nur dass er jetzt um einiges nasser und verschwitzter aussah. «I'm so sorry!», *entschuldigte er sich,* «I actually wanted to go back to the party, but then I thought about you and suddenly I was afraid that we would miss a great opportunity.» *Ich wollte ihm widersprechen, doch bevor ich meinen Mund öffnen konnte, redete er schnell weiter.* «You don't have to say anything. Here's my number.» *Er drückte mir ein wasserdurchtränktes Papiertaschentuch in die Hand, auf welchem eine Telefonnummer stand.* «Call me if you want», *sagte er und lief rückwärts zurück durch den Regen. Mit seiner rechten Hand machte er das* «Call me»*-Zeichen, und ich musste gegen meinen Willen lächeln. Schnell verschwand Larry oder wie immer er auch hiess wieder in der Menge der Leute, die sich zurück auf die Strasse getraut hatten, als sie gemerkt hatten, dass die Unterstände sie vor dem Regen nicht sonderlich schützten.*

Kopfschüttelnd machte ich mich weiter auf den Weg nach Hause. Der Regen liess meine Turnschuhe auf dem Asphalt quietschen, und das Wasser lief kalt meinen Rücken hinunter. Ein bitterer Geschmack breitete sich in meinem Mund aus.

Kapitel 24

4 Monate später.

Domenico

«Your place?», *fragte der englische Austauschschüler, und ich nickte. Meine Eltern würden heute nicht vor Mitternacht nach Hause kommen. Seine Haare waren schwarz und kurz geschoren, die blauen Augen leuchteten in der lauwarmen Herbstnacht. Mein Kopf fühlte sich schwer an, ich hatte so viel getrunken wie nie zuvor. Ich hatte Probleme, den Schlüssel ins Schloss zu stecken, und benötigte dazu mehrere Anläufe.*

Benebelt durch den Alkohol konnte ich kaum noch einen klaren Gedanken fassen, als der Junge, der Larry oder so ähnlich hiess, mich die Treppe hinaufführte. Immer nach ein paar Schritten drehte er sich um und küsste mich innig, was sich okay anfühlte. Seit vier Monaten fühlte sich alles immer okay an, aber eben auch nicht mehr als das.

Larry öffnete die Tür mit seiner linken Hand, während er meinen Hals mit Küssen bedeckte. Wir betraten mein Zimmer, und er zog mir mein Hemd über den Kopf. Ich zerrte an seinem T-Shirt, um es ihm auszuziehen, als ich ein Knarzen auf der Treppe hörte und die laute Stimme meines Vaters, der «Domenico!» *rief.*

«Mist!», *zischte ich und stiess Larry von mir.*

«What the hell …», *fing dieser an. Ich wollte ihn durch die Balkontür auf den Balkon hinausbugsieren, doch er lachte nur und torkelte an mir vorbei zurück ins Zimmer. Mein betrunkenes Gehirn versuchte ihn aufzuhalten, aber er drückte sich mit Leichtigkeit neben mir durch.*

«*Larry!*», versuchte ich ihn so leise wie möglich zur Vernunft zu bringen.

«What's up with you?», *fragte er mich mit lauter Stimme und lachte noch mehr.*

«*Domenico?*», hörte ich wieder die Stimme meines Vaters, dieses Mal schon sehr nahe meiner Zimmertür.

«Just go away!», *flehte ich Larry an, der jedoch gar nicht auf meine Worte reagierte. Ich hatte gerade noch Zeit, mein Hemd überzuziehen, dann öffnete sich die Tür und mein Vater kam hereingestampft. Das schwarze Hemd hatte Schmutzflecken, und ich konnte seine Fahne bis zu mir herüber riechen. Mit einem Blick erfasste er trotz seiner Betrunkenheit die Situation.*

«Was soll das hier eigentlich?», *brüllte er mich an, während er mich am Hemdkragen packte.*

«Ich ... es ist nicht, was du denkst, papà», *rief ich schnell auf Italienisch und erhob wie zur Entschuldigung meine Hände. Schweiss rann mir von der Stirn, und ich atmete schwer, während ich auf seine Reaktion wartete. Normalerweise, wenn er mich mit einem Jungen erwischte, beschimpfte er mich eine Zeit lang lautstark und ging dann wieder. Ich hatte ihn noch nie so gereizt erlebt wie heute.*

«Ich habe dir gesagt, dass ich dieses kranke Verhalten nicht mehr dulde!», *schrie er und kam drohend immer näher auf mich zu.*

Ich wich erschrocken zurück, bis ich die Holzwand hinter mir im Rücken spürte. «Beruhig dich bitte», *versuchte ich ihm gut zuzureden, während ich mich wieder von der Wand entfernte.*

«Es ist nichts pass–» *Doch bevor ich meinen Satz beenden konnte, schlug er mir mit solcher Wucht ins Gesicht, dass ich rücklings zu Boden fiel.* «Papà!», *schrie ich, während eine*

Schmerzwelle durch mein Gesicht schoss. Ich hielt mir die Hand unter die Nase, aus welcher Blut floss und sich warm und klebrig in meiner Handfläche sammelte. Unter Stöhnen rappelte ich mich wieder auf.

«Ich habe deinem unnatürlichen Treiben lange genug zugeschaut!», rief er auf Italienisch und schlug noch einmal zu. Diesmal traf er mit der Faust mein linkes Auge, welches sofort vor Schmerz zu pochen anfing. Und wieder ging ich zu Boden. Ich versuchte mich aufzusetzen, doch er schlug mich mit einem weiteren Schlag in die Rippen wieder zu Boden, wo ich liegen blieb. Der unebene Holzboden fühlte sich kalt unter meiner Wange an.

«Hau doch endlich ab, ich habe keinen Sohn mehr!», schrie mein Vater mir noch zu, bevor er mein Zimmer verliess und die Tür mit einem lauten Knall hinter ihm ins Schloss fiel.

Eine Zeit lang blieb ich einfach auf dem Boden liegen, lauschte den sich entfernenden Schritten meines Vaters, seinem lauten Geschrei, wie meine Mutter unten wie immer versuchte, ihn zu beruhigen. Die Haustür knallte. Dann Stille.

Mühsam richtete ich mich auf und stützte mich an der Wand ab. Mein ganzes Gesicht war ein einziger Schmerz, ich spürte bereits, wie mein Auge zuschwoll, und noch immer schoss das Blut aus meiner Nase und tropfte auf den Fussboden. Schnell zog ich eines meiner T-Shirts aus der kleinen Kommode und hielt es mir unter die Nase.

Wahrscheinlich sollte ich jetzt traurig sein oder wütend oder beides, aber ich fühlte rein gar nichts mehr. Ich sah mich in meinem Zimmer um, von Larry keine Spur. Spöttisch lachte ich auf, denn das hätte mir klar sein müssen. Hatte ich etwa erwartet, dass er mir helfen würde? Sich auf meinen Vater stürzte? Mich vor ihm rettete?

Auf einmal schob sich ein Gesicht in meine Gedanken, und ich sah sie wieder vor mir: blaue Augen, tief wie ein Bergsee, und dazu ein helles Lachen. Eine Erinnerung, die ich mit allen Mitteln versucht hatte zu verdrängen. Aris. Er wäre nicht geflohen, er hätte mir geholfen. Er hätte meinem Vater daran gehindert, mich wieder zu verprügeln.

Ich schlug mit der rechten Hand gegen meine Zimmerwand, ein dumpfer Schmerz breitete sich erst in der Hand und dann im ganzen Arm aus. Noch einmal schlug ich zu, und noch einmal, wieder und immer wieder, während heisse Tränen über meine Wangen liefen. Schon lange hatte ich nichts mehr gefühlt, und dieser Schmerz nun war das Einzige, was mich daran erinnerte, dass ich noch am Leben war. Aber das alles wollte ich nicht mehr, diese ständige Angst, das ewige Versteckspiel und das permanente Gefühl von Verlust, welches mich schon durch mein ganzes Leben begleitete.

Langsam erhob ich mich, das blutverschmierte T-Shirt liess ich achtlos auf den Boden fallen. Ich konnte zwar nicht aus diesem Gefängnis der Vorurteile und der Verleumdung ausbrechen, aber ich hatte immer noch in der Hand, wie lange ich es ertragen musste.

Kapitel 25

Domenico

Ich stand am Rand eines glitzernden Meeres, das von einer grossen Strandfläche umrundet wurde. Ich sah an mir herunter und bemerkte, dass ich gar keine Schuhe trug. Meine einzige Kleidung waren eine Jeansshorts und ein schwarzes T-Shirt, über welchem eine silberne Kreuzkette baumelte. Sie kam mir seltsam bekannt vor, als hätte ich sie in einem früheren Leben schon einmal gesehen.

Wieder sah ich hoch und betrachtete das Meer, welches im Licht der untergehenden Sonne schimmerte und einladend über den Sand schwappte.

Vor dem Rand des Meeres sass ein Junge mit dunkelblonden Locken, gerade nahe genug, um nicht von den Wellen berührt zu werden. Neugierig kam ich näher und setzte mich neben den fremden Jungen, der mich freundlich anlächelte und weiterhin das wogende Meer betrachtete.

«Schön, dich wiederzusehen», sagte er und zeigte auf meine Kette, «ich wusste gar nicht, dass du die hattest. Das letzte Mal habe ich sie an meinem Hals gesehen.»

Verwundert blickte ich wieder hinunter auf die Kette und machte Anstalten, sie von meinem Hals zu lösen.

«Halt!», stoppte mich der Junge, «wir hatten doch eine Abmachung, nicht? Bitte behalte sie.»

Ich liess die Hände wieder sinken. Der Junge kam mir seltsam vertraut vor, die Art, wie er sich bewegte, der Schwung seiner Lippen und sogar seine helle Stimme erinnerten mich an jemanden. «Wer bist du?», fragte ich ihn, womit ich einen verwunderten Blick erntete.

«Weisst du das nicht mehr?», fragte der Junge. «Mein Name ist Aris.»

«Aris.» Ich liess mir den Namen durch den Kopf gehen, suchte nach einer vertrauten Erinnerung. Gerade als sie greifbar nahe war, stand der Junge plötzlich auf und zog mich mit sich. «Lass uns ein Stück gehen», sagte er und fing an, an der Kante des Meeres entlangzulaufen. Ich stolperte ihm hinterher, unfähig, mich richtig auf den Beinen zu halten.

«Irgendwie dachte ich immer, dass wir füreinander bestimmt sind, dass, egal welche Entscheidungen wir treffen würden, das Schicksal uns am Ende zusammenführen würde. An dem Tag, als du von der Party vor mir weggelaufen bist, verlor ich den Glauben daran. Nun weiss ich, dass das, was wir Schicksal nennen, mitunter einfach eine Einbildung ist und wir unsere Zukunft manchmal selbst in die Hand nehmen müssen», erklärte mir der fremde Junge, der nicht fremd war und Aris hiess.

Eine Weile dachte ich über seine Worte nach, schliesslich fragte ich ihn: «Und was, wenn das Schicksal genau das hier wollte?»

Aris schnaubte und wirbelte mit seinem Fuss im Gehen etwas Sand auf. «Ich glaube kaum, dass das Schicksal dieses Ende gutheissen würde. Du bist tot und ich nicht mehr lebendig», sagte er mit einem durchdringenden Blick aus seinen blauen Augen.

Erschreckt blieb ich stehen. «Was meinst du mit tot?», fragte ich und riss ihn am Arm zurück. «Was ist passiert?»

Aris lächelte mich an, mit einem wissenden Blick. «Noch ist nichts passiert. Es liegt in deiner Hand, Domenico.»

Nun war ich noch verwirrter, ich wollte ihn fragen, was er damit meinte, doch er lief vor mir davon. «Hey, Aris, warte!», rief ich und wollte ihm hinterherrennen, aber es schien, als ob ich festgefroren wäre, verdammt, für immer auf der gleichen Stelle zu laufen. Die Sonne war untergegangen und tauchte den sonst so friedlichen Strand in eine unheimliche Dunkelheit. Der Wind wurde stärker, und ich sah einige Sandkörner, die vor meinen Augen vorbeitanzten. Schon nach kurzer Zeit konnte ich Aris im Dunkeln nicht mehr erkennen, ich drehte mich im Kreis und schrie aus Leibeskräften seinen Namen. Ich hörte erst auf, als meine Lungen schmerzten und ich keinen Ton mehr hervorbrachte.

Schluchzend kauerte ich mich auf dem sandigen Boden zusammen. Ein regelrechter Sturm brach los, der um meine Ohren toste und durch die Stille der Nacht heulte. Ich wiegte mich vor und zurück, fühlte mich wie hilflos im Auge des Sturms. Rote Tropfen fielen auf den Boden, der Sand verschluckte eilig die Flüssigkeit in dem Versuch, mich vor der Wirklichkeit zu bewahren. Ich hob eine Hand und legte sie an meine Nase, welche aufs Neue unkontrolliert angefangen hatte zu bluten. Plötzlich stand Aris wieder vor mir. Er setzte sich vor mich und hob meine blutverschmierten Hände hoch. «Erinnerst du dich, was du getan hast?», fragte er fassungslos, Tränen rannen über sein Gesicht. Ich fing eine davon auf meiner Fingerspitze auf und legte meine Hände wieder in seine. In diesem Moment erinnerte ich mich wieder an alles. An Aris. An unsere Liebe. Gerade, als ich ihn zu mir ziehen wollte, schien er zu verblassen, mit dem Wind davonzuwehen. «Aris?», rief ich in den tosenden Wind hinaus, der alles zu verschlingen schien. Das Meer, der idyllische Strand, ja selbst der Himmel wurden von ihm verschluckt. Bis schliesslich nur ich übrig war, in der Mitte eines dunklen Zimmers. Dann verschluckte mich die Dunkelheit.

Kapitel 26

«Bitte erledigt Aufgabe sechs bis morgen, ich werde eure Hefte einsammeln», ermahnte uns Frau Engels, die junge Deutschlehrerin, die vor Kurzem unsere Klasse übernommen hatte. Ich war schon die ganze Stunde mit meinen Gedanken woanders gewesen und hatte mich nicht richtig konzentrieren können, ohne den Grund dafür nennen zu können. Mit meinem Bleistift tappte ich gelangweilt auf der Oberfläche des Pultes herum, bis sich ein kleiner Punkt bildctc. Ich rieb mit dem Finger darüber, um ihn wieder verschwinden zu lassen. Endlich erklang das erlösende Läuten der Schulglocke, welche Frau Engels scharf das Wort abschnitt. Ich schnappte meinen schwarzen Rucksack und stopfte wahllos alle Hefte hinein. Alle anderen taten dasselbe, wir alle waren froh, endlich nach Hause gehen zu dürfen.

Nur Nora und Sven, zwei meiner neuen Freunde, warteten am Eingang auf mich und begleiteten mich aus dem Klassenzimmer. Nach meiner Rückkehr aus Italien vor ein paar Monaten hatte ich mir fest vorgenommen gehabt, endlich ein paar neue Leute kennenzulernen, was mir auch gelungen war. Natürlich war Izzy noch immer meine beste Freundin, das würde sich wohl nie ändern. Aber es tat ihr und mir gut, auch mal etwas ohne den anderen, dafür mit anderen Leuten unternehmen zu können. Meistens war sie jedoch dabei, nur in letzter Zeit etwas weniger, denn sie und Julian gingen nun miteinander, und dann will man ja auch gerne mal allein sein.

So hatte ich gleich nach meiner Rückkehr in die Schweiz Nora kennengelernt, welche neu an unserer Schule war. Mit ihrer verrückten lila Haarfarbe und den vielen Piercings fiel sie überall sofort auf, und ich mochte sie auf Anhieb. Nora stellte mir dann auch Sven vor, den ich eigentlich schon länger kannte, mit dem ich aber noch nie viel zu tun gehabt hatte. Wir konnten über die gleichen Dinge lachen und waren gute Freunde geworden. Heute wollten wir drei noch kurz an den See gehen, bevor wir nach Hause fuhren. Izzy und Julian hatten sich ausgeklinkt, sie wollten zusammen noch «Mathe üben», wie Izzy mir mit einem Augenzwinkern gesagt hatte. Es war jetzt bereits sechs Uhr, die meisten Schüler waren schon längst zu Hause, nur meine Deutschklasse hatte jeden Mittwoch bis um halb sechs Unterricht.

Ich lief langsam, schon den ganzen Tag war ich mit meinen Gedanken woanders gewesen. Immer öfter dachte ich in letzter Zeit an Domenico. Seit wir aus Italien zurückgekommen waren, hatte ich keine Nachricht mehr von ihm erhalten, was für mich aber auch okay war. Vielleicht hatten wir uns nicht unter den besten Bedingungen verabschiedet, aber dank ihm ist mein Leben viel besser geworden. Natürlich konnte ich meine Angst nicht von heute auf morgen loswerden. Aber die Panikattacken waren zu meiner und auch Sallys grossen Freude weniger geworden, bedeutend weniger, und die meiste Zeit waren sie nur noch etwas Beunruhigendes aus meiner Vergangenheit für mich. Und so schaffte ich es auch, mit einigen Leuten von früher wieder Kontakt aufzunehmen und mehr erste Schritte zu wagen, als ich es vor ein paar Monaten für möglich gehalten hätte. Die Menschen, auf die ich zuging, freuten sich über den neuen alten Aris, dass ich mich nicht mehr versteckte, wieder Freunde hatte, auf Partys ging. Nur Austin freute sich natürlich nicht, der mich weiter mied wie die Pest, aber damit bei den anderen nicht landen konnte. Ich war schwul, dank Austin wussten es alle, aber es machte ihnen nichts aus. Hatte ihnen wohl nie viel ausgemacht – nur ich und meine Angst hatten mich das anders sehen lassen.

Ich war mutiger geworden, selbstständiger und auch glücklicher. Ich hatte gelernt, dass es immer Menschen geben würde, die die Unverfrorenheit besassen, mir zu sagen, wie ich mein Leben leben sollte. Genauso hatte ich gelernt, dass man diese Menschen manchmal einfach ignorieren sollte. Die wichtigste Lektion, welche Domenico mich gelehrt hatte, war aber, dass ich immer Menschen haben würde, welche mich unterstützten, mich liebten, wie ich war, und die hinter mir standen. Dafür war ich Domenico unendlich dankbar.

Mit einem Lächeln ging ich mit Nora durch die Tür auf den fast leeren Gang hinaus. Nur noch vereinzelt standen Schülerinnen und Schüler vor ihren Schliessfächern und kramten Schulbücher hervor. «Was willst du eigentlich nach dem Gymnasium machen?», fragte mich Nora zum x-ten Mal. Sie nervte mich schon seit einer Weile damit, dass ich noch keine Ahnung hatte, was ich nach der Schule anstellen sollte. Ich zuckte mit den Schultern und verschloss meinen Spind, die Schlüssel steckte ich in meine Hosentasche. Eigentlich war schon immer mein Plan gewesen, in Bern Englische Literatur zu studieren, um irgendwann selbst Bücher zu schreiben. Aber seit einer Weile war ich mir über nichts mehr sicher. Mein Besuch in Italien hatte vieles in mir verändert, er hatte die Schutzwände, die ich um mich aufgebaut hatte, eingerissen und mein Innerstes freigelegt. Ich hatte eine Weile gebraucht, um mein Leben aus diesen Trümmern halbwegs wieder aufzubauen. Doch nun lag das Leben wieder vor mir mit all seinen Möglichkeiten, zwar ohne Schutzmauern, dafür aber mit weniger Angst. Und das fühlte sich verdammt gut an. Sven war zu Nora und mir aufgeschlossen, und wir waren beinahe aus der Eingangstür hinaus, als plötzlich ein Mädchen mit langen blonden Haaren auf mich zugerannt kam.

«Izzy?», fragte ich verwirrt. «Ich dachte, du bist bei Julian?» Sie hielt ihr Handy ans Ohr, und Tränen standen ihr in den Augen. «Es tut mir so leid, Aris», schluchzte sie und hielt mir ihr Handy hin, «aber du solltest dir das anhören.»

Ohne ein weiteres Wort griff ich danach und ging einige Schritte von den anderen weg, die nun begannen, die weinende Izzy zu trösten. Ein ungutes Gefühl breitete sich in meinem Bauch aus, und meine Hände begannen zu zittern. Mit ein paar langen Atemzügen versuchte ich meine Angst zu bewältigen, was mir eher schlecht als recht gelang. Langsam hob ich das Handy an mein Ohr. «Hallo?», fragte ich.

Ich hörte nur ein lautes Aufschluchzen am anderen Ende.

«Hallo?», fragte ich noch einmal. Ein Rascheln ertönte.

«Aris?», fragte eine helle Frauenstimme auf Deutsch. «Bist du das?»

Ich nickte mit einem Kloss im Hals, bis mir einfiel, dass sie das ja nicht sehen konnte. «Ja, ich bin Aris», sagte ich und räusperte mich, «wer ist dran?»

«Lisa Esposito», sagte die Frau am anderen Ende. «Du kanntest meinen Sohn Domenico, nicht wahr?»

Nun wurde mir kalt ums Herz, dieser Anruf konnte nichts Gutes bedeuten. Angstvoll griff ich an meinen Hals, wo meine geliebte Kette baumelte, und drückte sie fest an mich, als ob sie mich vor dem schützen könnte, was nun kam.

«Ja, ich kannte ihn», antwortete ich. «Wieso? Ist etwas passiert?»

Die Frau schluchzte schon wieder auf, sie sagte etwas, das ich wegen ihrer tränenreichen Stimme nicht verstehen konnte.

«Wie bitte? Ich habe Sie nicht verstanden», sagte ich mit angstvoller Stimme. «Hatte Domenico einen Unfall? Warum ruft er nicht selbst an?»

Sie räusperte sich und wiederholte dann: «Er hat einen Brief für dich hinterlassen. Wir konnten über das Hotel in Mailand aber nur die Telefonnummer deiner Freundin herausfinden.»

Ich runzelte die Stirn. «Was heisst das? Kann ich mit ihm sprechen?», fragte ich verwirrt. Was sollte das alles bedeuten?

«Nein, du kannst nicht mit ihm sprechen», antwortete die Frau schluchzend. «Domenico hat sich gestern Abend das Leben genommen.»

Domenicos Brief

Lieber Aris,

Ich glaubte nie an irgendwelche Liebesgeschichten, die dir erzählen wollten, dass es im Leben nur die eine grosse Liebe gibt, und wenn du diese verlierst, kannst du nie mehr glücklich werden. Denn das klingt bescheuert, nicht? Aber seitdem ich dich kennengelernt hatte, fing ich an, vieles infrage zu stellen.

Die vier Monate und drei Tage, seit ich dich nicht mehr gesehen habe, waren die Hölle. Du hast ein grosses Loch in meinem Leben hinterlassen, welches niemand sonst füllen konnte. Glaub mir, ich habe es oft genug versucht. Doch niemand, wirklich niemand kam an dich heran.

Ich will in meinem Brief aber nicht zu sentimental werden, vor allem, weil ihn vermutlich auch meine Eltern lesen werden. Ich wollte dir nur sagen, dass es nicht deine Schuld ist, nichts von alledem. Du bist der Grund, weshalb ich es überhaupt so lange hier ausgehalten habe.

Und Aris, bitte trauere mir nicht nach. Lebe dein Leben, ich weiss, dass du es weit bringen wirst. Du bist der begabteste Nicht-Autor, den ich je getroffen habe, und das soll einiges heissen.

Vor allem aber wollte ich mich bei dir entschuldigen. Es tut mir leid, dass wir unsere Chance vertan haben und das Schicksal nicht in unsere Hände genommen haben. Und es tut mir leid, dass ich es nicht lange genug ausgehalten habe, um dich noch einmal wiederzusehen. Aber so ist das Leben nun mal.

In Liebe,
Domenico

Italienische Übersetzungen

Ehi ragazzi, volete andare a Crema?
Na, ihr zwei, wollt ihr nach Crema?

Ehi, cosa stai facendo?
Eh, was machst du?

Ce ne andremo presto. Non fare cazzate.
Wir müssen gleich los. Macht keinen Blödsinn.

Grazie.
Danke.

Scendi, Domenico!
Komm runter, Domenico!

Frocio!
Schwul!

Che cosa hai detto?
Was hast du gesagt?

Mi hai sentito!
Du hast doch genau verstanden!

Papà
Papi

Hilfestellung

Hast du das Gefühl, in einer ähnlichen Situation wie Aris oder Domenico zu sein, und/oder brauchst du Hilfe? Im Folgenden findest du eine Vielzahl von Kontaktadressen, welche dir weiterhelfen können.

Für die Schweiz

– Auf feel-ok.ch oder du-bist-du.ch oder feel-ok.ch/sex-id findest du allerhand Informationen.

– segz.ch

– lgbt-helpline.ch

– pinkcross.ch

– 147.ch (Beratung pro Kanton)

– los.ch

Für Deutschland

– feelok.de

– lsvd.de

– bildung-beratung.lsvd.de (Linkliste diverse Länder)

– comingout.de

– vlsp.de/beratung-therapie (Liste mit Beratungsstellen in Deutschland, Österreich und die Schweiz)

– enough-is-enough.eu

Für Österreich

– Auf feel-ok.at findest du allerhand Informationen.
welche dir weiterhelfen können.

– Auf rataufdraht.at erhältst du kostenlose Beratung rund um die Uhr.

– courage-beratung.at und courage-beratung.at/links (umfangreiche Linkliste)

– hosiwien.at/rat-hilfe

– regenbogenfamilien.at und regenbogenfamilien.at/links (Linkliste Österreich)

Bücher von Kindern und Jugendlichen
für Kinder und Jugendliche geschrieben

Der KIJU Verlag (kiju-verlag.ch), Teil des Lehrmittelverlages BRAINTALENT (braintalent.ch), fördert Kinder und Jugendliche mit einem Schreibtalent.

Unter kiju-verlag.ch oder braintalent.ch/schreibtalent findest du die Bücher, welche bisher erschienen sind und von Kindern für Kinder oder Jugendlichen für Jugendliche geschrieben wurden.

Hast du ein Schreibtalent und möchtest uns dein Manuskript schicken? Bitte schaue auf braintalent.ch/schreibtalent. Dort findest du alle Informationen, wie du dein Manuskript einreichen kannst. Wir freuen uns auf deine Zusendung. Hast du noch Fragen? Dann melde dich bitte bei uns unter Lehrmittelverlag BRAINTALENT.

Es sollte eine ganz besondere Woche mit viel Spass werden, Izzys Geburtstagsgeschenk an Aris: ein Kurztrip nach Italien, anschliessend an ihren einwöchigen Schulausflug, nur er und sie. Keine Schule, keine Eltern, stattdessen das Meer, Strandpartys und Freiheit! Doch Aris hat ein Geheimnis, und seine Vergangenheit holt ihn ein. Aber nicht nur er verbirgt etwas: Wer ist dieser Domenico, den sie auf einer Party kennenlernen, wirklich? Jeder Tag bringt neue Überraschungen, und am Ende ist es nicht nur einer, der für seine Liebe und sein Leben eine wichtige Entscheidung treffen muss.

Ein Buch über die Liebe, verpasste Chancen und den Mut, zu sich selbst zu stehen.

Mindestalter: empfohlen ab 14 Jahre